妖かしの娘

隠居右善　江戸を走る2

喜安幸夫

時代小説

二見時代小説文庫

目次

妖《あや》かしの娘——隠居右善《うぜん》江戸を走る 2

一　養女の祟《たた》り

一

すっかり秋である。

灸《きゅう》の煙がただよう療治《りょうじ》部屋の障子《しょうじ》をときおり開けては、空気を入れ替えているのだが、いまでは入って来る外気に清々《すがすが》しさよりも、

「ひぇー、冷《つめ》たい」

と、患者たちは首をすくめるようになっている。

熱い灸ならまだしも、鍼《はり》療治の患者などは、肌に直接冷気を受けるのだ。

天明《てんめい》七年（一七八七）の長月《ながつき》（九月）下旬の一日、午過《ひるす》ぎだった。

いまも隠居の児島右善《こじまうぜん》が庭から縁側に上がり、療治部屋の障子を開けた。

部屋には、肩に灸を据えている家具屋の旦那と、腰に鍼療治を受けている畳屋の親方がいた。

親方が〝ひぇー〟と声を出すよりも、

「で、旦那。どうでしたい」

「困ったものよ。気持ちはわかるが、刀を突きつけたのじゃ押込《おしこ》みと変わらぬわい」

言いながら右善はうしろ手で障子を閉め、やりかけだった薬湯《やくとう》の調合にかかった。

「動いてはなりませぬ」

「へ、へえ」

竜尾《たつお》が叱《しか》ったのへ、畳屋の親方は恐縮したように返した。

叱ったのは、うりざね顔に目鼻のととのった、垂《た》らし髪が似合う美形の女鍼師《はりし》である。四十路《よそじ》に近いのだが、三十路《みそじ》を超したくらいにしか見えないのは、細身のせいかもしれない。

事情を知らない者が、神田明神下《かんだみようじんした》のこの療治処の冠木門《かぶきもん》をくぐれば、五十路《いそじ》を超えた総髪《そうはつ》の右善が鍼灸医《しんきゆうい》で、女の竜尾を代脈《だいみやく》（助手）か娘と見間違うだろう。

だがいま、畳屋の親方の肩に真剣な表情で鍼を打っているのは竜尾で、

「師匠《ししよう》、痛み止めの薬湯は一杯分でよろしいか」

訊《き》いたのは右善のほうだった。

「それより旦那、アチチ。中村屋《なかむらや》の刃物騒ぎは、アチチ」

もろ肌を脱ぎ、肩から灸の煙を立ち登らせている家具屋の旦那が、横合いから問いを入れた。

となりの待合部屋にも、腰痛の婆さんと足のむくみを訴える炭屋のおかみさんが、おしゃべりをしながら待っていた。右善が戻って来るとおしゃべりをやめ、さらに中村屋への問いが出ると、ふすまのほうへ聞き耳を立てた。

竜尾を含め、この場の全員がようすを知りたがっている。すこしまえである。

家具屋の旦那が灸を据えられ、そのあいだにと畳屋の親方が療治部屋に呼ばれたときだった。右善は竜尾に言われた薬湯の調合にかかっていた。

「――児島さま！　お願いしますうっ」

叫びながら中村屋の手代《てだい》の作之助《さくのすけ》が着物の裾《すそ》を乱し、冠木門を駈けこんで来た。

中村屋も竜尾の患家《かんか》ではあるが、右善を名指ししているのだから急患ではない。中村屋は、児島右善が竜尾の療治処では見習いで、鍼の腕はまだ代脈の域にも達していないことをよく知っている。

作之助はその右善に、緊急の助けを求め駈《か》けて来たのだ。

役務をせがれの善之助《ぜんのすけ》に譲り、隠居の身を世のため人のために役立てたいと、かねて親交のあった女鍼師の竜尾に弟子入りし、療治処の物置を改装した離れに住みこんだ当初、竜尾以外には前身を隠していた。

善之助にも、

「――決して八丁堀《はっちょうぼり》姿で訪ねて来てはならんぞ」

と、きつく言っていた。

だが、武家娘から親の敵《かたき》に間違われ斬りつけられたのが縁となり、竜尾と一緒に仇討ちの助《すけ》っ人《と》に起《た》ったことから、右善の前身は周囲に知れわたり、町の者はうわさし合った。

「――どおりで、やっぱりお武家だったんだ」

「――これに勝《まさ》る用心棒はないよねえ。お師匠《しょ》さんにも、町にも」

「――それにしても、北町奉行所の名うての隠密廻《おんみつまわ》り同心だったとは」

それからだった。急患以外にも、

「――ご隠居、旦那！　酔っ払いの喧嘩《けんか》だあっ。来てくだせえっ」

「――与太者が飲み屋のおやじに因縁をつけてるうっ」

と、明神下の鍼灸療治処に、町の住人が駈けこむようになった。

いま駈けこんで来た中村屋の作之助も、その一人だった。しかしそれが中村屋の手代とあっては、ひときわ衆目を引いた。

中村屋といえば、界隈《かいわい》では知らぬ者がいないほど大振《おおぶ》りな質屋である。江戸には質屋仲間というのがあって、質置きの期限や金利を一律に定め、江戸の質屋の秩序を守っている。その質屋仲間は三人の惣代《そうだい》によって運営され、中村屋平右衛門《へいえもん》はその一人であった。〝平右衛門〟の名も、中村屋で代々受け継がれていた。

竜尾の療治処がある湯島《ゆしま》一丁目と中村屋が暖簾《のれん》を張る旅籠町《はたごちょう》は、道一本を隔てただけのとなり同士で、明神下の範囲内である。

そのわずかな距離を中村屋の手代の作之助が走っただけでも、

「──えっ。中村屋さん、またなにか！」

「──こんどはなにが！」

と、住人はふり返り、商舗《みせ》から飛び出て来る者もいた。

療治処の冠木門に駈けこんだ作之助は縁側に手をつき、

「──児島さま、おいでてございましょうか！」

「──ん？　あの声は中村屋の……」

右善は障子を開け、縁側に出た。

作之助は言った。

「――浪人者が商舗で刀を振りまわしておりますうっ。旦那さまもご新造《しんぞ》さまも留守なんですうっ。番頭さんがあっ……」

切羽詰《せっぱつ》まった口調である。いままさに浪人が、質屋の店先で抜き身の刀を振りまわしているようだ。ともかく行かねばならない。それに右善も竜尾も、また患者たちも、きょう中村屋平右衛門とご新造のお栄《えい》が商舗を留守にしているのを知っている。町の者も知っているだろう。一人娘のお里《さと》も、一緒に出かけているはずである。だからなのだ。

「――留造《とめぞう》、脇差をっ」

「――へ、へえっ」

庭にいた下働きの留造が離れに走り、脇差を持って来た。それを腰に、右善は作之助と一緒に療治処の冠木門を走り出た。

「――困ったこと」

竜尾はつぶやき、患者たちは、

「――あれに関わることでなければいいんだが」

「――まさか。でも、中村屋さんもほんと災難なこと」

療治部屋と待合部屋の患者たちは、走り去った二人のうしろ姿にしばし、往来の住人たちとおなじようなことを口にし、

「――おお、風が冷たい」

と、縁側に面した明かり取りの障子を閉めた。

右善が一人で帰って来たのは、家具屋の旦那と畳屋の親方の療治がまだつづいているときだった。療治部屋の手伝いにはお定《さだ》が入っていた。留蔵と夫婦で住込みの下働きをしている婆さんである。

右善の帰って来るのが思ったより早かったので、竜尾も含め一同はあれに関連するようなことではなかったことを覚り、ホッとしたものである。

浪人が刀を質入れに来て番頭の六兵衛《ろくべえ》が応対した。浪人といえど、刀を質入れするなどよほどの事情がなければできることではない。当然、浪人は高く質入れしようとし、六兵衛の提示した額との差が大きかった。浪人が五両を要求したのへ、番頭の六兵衛は一両と言ったのだ。

浪人は怒りだし、板敷きに片足を上げ、抜身の切っ先を帳場格子《ちょうばごうし》の六兵衛に突き

つけたのだ。六兵衛は目利きどおりの額を示したつもりだから、あとには引けない。浪人も刀を突きつけたからには、言われた額では収まりがつかない。とくに番頭は亭主の平右衛門がいないときに、法外な額で引き取ることなどできない。双方とも引っこみがつかず、にらみ合いのつづいているところへ、右善は駈けつけた。

片方が刃物をかざしたとき、対応を誤れば惨事を招くことになりかねない。そこに右善は慣れている。

「――ほほう、刀の目利きでござるか。どれどれ」

右善はやおら浪人の刀に顔を近づけた。

「――うむ」

浪人はみょうな男の出現に意表を突かれ、同時に気を抜かれた。

右善は、還暦《かんれき》はまだだが五十路《いそじ》は超している。いで立ちは医術の修行中であれば裾《すそ》のせまい絞《しぼ》り袴《ばかま》に袖《そで》を絞《しぼ》った筒袖《つつそで》を着こみ、しかも総髪だから武士とも町人とも、あるいは儒者か医者か見分けがつかない。

浪人が気を抜かれたのは、右善が刃《やいば》に顔を近づけながらも、腰つきと手の所作が、

(即座に腰の脇差を素《す》っ破《ぱ》抜ける)

態勢であるのを看《み》て取ったからだった。右善は鹿島新當流《かしましんとうりゅう》の達人であり、流派ま

ではわからずとも、対手の所作から腕の程を看て取るとは、浪人もなかなかの使い手のようだ。

「——まあ、そういうところだ」

浪人は刀を引いた。

番頭の六兵衛はようやく肩の力を抜いて大きく息をつき、浪人も収まりをつけるきっかけが得られ、ホッとした表情になっていた。

度胸と自信が備わっていなければできない、おだやかな仲裁方法だ。

番頭は結局、二両を用立てた。あるじの平右衛門が帰って来れば、

『なぜこんな鈍刀《どんとう》に二両も』

と、叱ることだろう。

六兵衛は、この浪人ならきっと引き出しに来るだろうと判断し、さらに仲裁に駈けつけた右善の顔も立て、三両用立てようとも思ったが、

(——それではかえってこの浪人さんが、引き出しのとき困りなさるだろう)

と、二両に落ち着けたのだ。

さらに、ここで右善の力量を頼りに浪人を追い返したなら、

(——あとでどんな災いが降りかかるかわからない)

ことも、長年の勘から心得ていた。とかく質屋とは、人の恨みを買いやすい仕事なのだ。それでなくとも中村屋はいま、みょうなうわさに包まれているのだ。

右善は療治処に戻ると、別段詳しく語ることもなく、浪人の刀の目利きで、

「ちょいと揉《も》めただけだった」

と、こともなげに話した。

待合部屋にも聞こえていた。

腰痛の婆さんと炭屋のおかみさんは、

「中村屋さん、祟りじゃなかったようですねえ」

「いや、まだわからないよ。このあと、なにが起こるか。怖ろしいよう、すぐ近所だからさあ」

などと話していた。

二

その炭屋のおかみさんと腰痛の婆さんが、療治部屋に入っていた。家具屋の旦那と畳屋の親方は、

「ああ、これですっきりした」

と、帰ったばかりである。

「さあ、悪いところを見せなされ」

炭屋のおかみさんの足のむくみも、腰痛の婆さんも鍼療治である。おかみさんは着物の裾を思い切りたくし上げ、腰痛の婆さんは帯をとき、地味な着物を脱がなければならない。

「右善の旦那がいなさるからねえ」

言ったのは婆さんのほうだった。

横で炭屋のおかみさんがにやにやしている。

からかっているのだ。

「ほう。おめえさんら、そんな目で見てくれるかい。ふふ、儂《わし》もまだまんざらじゃねえんだなあ」

「はいはい、まんざらでもありませんよう。さあ、お二人とも用意してくださいな」

右善が元町方《まちかた》らしく伝法《でんぽう》な口調で返したのへ、竜尾が鍼を選んで手にしたときだった。

「お師匠！　来てくだせえっ」

「すぐそこの筋違《すじかい》の番屋でさあ。この駕籠でっ」

駕籠舁《かごか》き人足の権三《ごんざ》と助八《すけはち》である。空《から》駕籠を担いで冠木門を走りこんで来た。

二人とも三十がらみで、おなじ町内の裏長屋に住み、まわりからは三八《さんぱち》駕籠の愛称で呼ばれ、足腰の弱い患者たちの送り迎えなど、なかば竜尾の療治処ご用達《ようたし》の駕籠屋になっている。

右善が療治処の離れに住みつき、前身が知れわたってからは、

「――へへん、俺たちが旦那の手足になりやすぜ」

と、なかば右善の岡っ引気取りになっている。気取りというより、武家娘の仇討ち助っ人のときには、駕籠舁き仲間の連絡網を駆使し、敵找《かたきさが》しに大いに効果を上げ、実際、右善も、

（――うむ。この二人、なみの岡っ引より役に立ってくれる）

と、真剣に思ったものだった。

その権三と助八が、空駕籠で駈けこんで来た。

駕籠尻を庭につけるなり前棒《まえぼう》の権三が縁側に駈け寄り、

「さあ、いますぐだっ」

「お待ちのお人らには申しわけねえが」

後棒《あとぼう》の助八がつづける。

右善と竜尾は顔を見合わせた。二人とも、けさ早くに権三と助八が中村屋平右衛門を乗せ、出かけたことを知っている。平右衛門だけではない。手代の作之助が言っていたように新造のお栄も出かけ、それに娘のお里も一緒だった。町駕籠を三挺つらねたのだ。

右善が立ち上がり、障子を勢いよく開け、

「どうした。また中村屋になにかあったのか」

言ったものだから、療治部屋に入っていた腰痛の婆さんと炭屋のおかみさんは、

「えっ、また中村屋さん！」

声を上げ、着物を脱ぎかけたまま、障子から顔をのぞかせた。竜尾も二人のつぎの言葉を待つように、庭先へ視線を向けた。待合部屋にも聞こえたか、新たに来て待っていた大工も、

「なに！　中村屋だと!?」

障子を開け廊下に出た。肩を痛め、数日前から鍼療治に通っているのだ。この大工もきのう来たとき、

「――他人は無責任に祟りだなんだとぬかしてやがるが、そんなこと……。お師匠、

右善の旦那、どう思いやす。なんだか気味が悪くってよ」

口では否定したものの、本音は怖れているような問い方をした。

「――人さまの家のことを、気味が悪いなどと言ってはいけませんよ」

「――余計なこと思っているから、普請場《ふしんば》で足を踏み外すんだ」

竜尾と右善は言ったものだった。

いま、とっさに〝中村屋〟の名が出たのは、二人が朝早くに、

「――すまねえ。きょうは半日、中村屋さんのお供で、患者運びはできやせん」

と、わざわざ告げに来たからだけではない。やはり心の奥底では、

(あり得ないことだが……)

と、いくらかは気になっていたからでもある。

「中村屋の旦那、平右衛門旦那でっ」

「旦那が？　いかなるようすに」

権三が言ったのへ療治部屋から竜尾が問いかけ、助八が応えた。

「苦しみなされ、顔は青くなって汗を噴き、息はありやすが意識がありやせん」

神田川の筋違御門の橋を日本橋側の南から北へ渡れば、そこはもう外神田で、旅籠町はすぐ目の前である。その至近距離を帰れず、筋違御門橋の番屋にとどまっている

とは、

（軽くはない）

竜尾は直感し、

「しばらく出かけます。お待ちのほどを。右善さん、薬籠《やくろう》を」

「承知」

縁側から庭に下り、

「へいっ。筋違御門、参《めえ》りやす」

前棒の権三の声で駕籠尻は地面を離れ、

「へいっほ」

「えっほ」

かけ声とともに駕籠は療治処の冠木門を出た。

右善も、

「そういうことだ。みんな、許せ！」

療治部屋と待合部屋の三人に声をかけ、薬籠を小脇に駕籠を追った。

三人は怖《おそろ》しいものでも見るように、駕籠と右善を見送った。

すぐ近くを流れる神田川は江戸城の外濠《そとぼり》になっており、筋違御門の一帯は南側が内神田で北側を外神田と呼び、どちらも町場だが、濠《ほり》である以上、内神田のほうに桝形《ますがた》に石垣が組まれ、そこに番所が設けられ、四、五人の六尺棒を手に刀を帯びた番士が常時詰めている。

その番小屋に、中村屋平右衛門は寝かされている。お城の番所に町人が休息など許されないが、急病でしかも町駕籠を三挺もつらねた中村屋の亭主とあっては、番士たちは鄭重に扱ったようだ。

駕籠が着くなり竜尾はころがるように外に出て、右善が助け起こした。番所の中からは娘のお里が飛び出て来て、

「お師匠《しよ》さん！　早う、早う」

竜尾の手を取り、中にいざなった。

番所は奥に小さな板敷きの間《ま》がある。そこに平右衛門は寝かされ、新造のお栄が枕《まくら》辺《べ》でおろおろしている。

症状は助八の話したとおり、顔面蒼白でひたいには大粒の汗を噴き、意識は朦朧《もうろう》とし、呼びかけにも応じない。竜尾は中村屋のきょうの事情を知っている。即座に証《しょう》を立てた。窮屈な駕籠で身を屈し、しかも長時間、端座で過ごし、さらに気苦労があと押ししたのであろう。

体内の気血《きけつ》が停滞する血瘀《けつお》である。

「右善どの。鍼を」

「承知」

その場で療治が始まった。人の体には経絡《けいらく》という気《き》と血《けつ》の通り道が張りめぐらされている。健康体なら気血は止まることなく流れつづけるが、これがなんらかの異常で止まるのが血瘀である。

そうしたとき、ちょうどいまの平右衛門のような症状が出る。早急《さっきゅう》な措置が必要で、ただ寝かしておくだけなど、手当を誤れば命に関わることもある。即座に経絡の反応点である経穴《つぼ》に灸を据えるか鍼を打って刺激を与え、気血の流れを復活させなければならない。平右衛門の症状は、灸では間に合わず、鍼療治が必要だった。

その場で始まった。経穴は全身のいたるところにある。

小半刻（およそ三十分）も打ちつづければ、平右衛門の気色は戻り、半刻（およそ一時間）ほどで意識も取り戻した。竜尾のほうが汗をかいていた。

お栄もお旦もホッとした表情になり、

「さすがじゃ、明神下の女鍼師よう」

番士からも声が上がる。

どこから知らせられたか、番頭の六兵衛が小僧二人を連れ、番所に来ていた。

「これこれ、こんなに大げさにしてはいかん」

平右衛門は自分の足で立ち、六兵衛に言うほど回復していた。

「お家はすぐそこです。駕籠に乗るより、自分でお歩きになったほうが、気血のめぐりはよくなりましょう」

竜尾の勧めもあって、平右衛門は六兵衛らに支えられ、念のためと権三と助八が空駕籠を担いで横にピタリと付き添った。他の二挺の駕籠はすでに返しており、お栄とお里は平右衛門たちのあとにつづいた。異様な光景である。

六兵衛にはこのあと、番小屋を貸してくれた番士たちへの手当てが残っている。六兵衛にそのあたりの手抜かりはない。

竜尾と右善は急ぎ足で療治処に戻った。患者を待たせたままなのだ。

腰痛の婆さんたちは待っていた。待合部屋は二人増え三人になっていた。留守の事情を聞かされると、

「待っていよう」

と、二人とも大工と一緒に待合部屋で待った。さきに来ていた腰痛の婆さんや大工たちと交わす話からも、自分の療治より中村屋平右衛門のようすを、町内の誰よりも

早く聞きたいのが目的のようだった。

帰って来た。

五人に増えた患者たちは、一斉に縁側に出て迎え、

「お師匠さん、どうでした。やはり祟り…？」

炭屋のおかみさんが訊くと大工が、

「なにが取り憑《つ》いていやしたので？　やはり、あの……」

言いかけ、途中で言葉を切った。

「おまえたち、なにをわけのわからぬことを言っておる。師匠、言ってやりなされ」

「ながいあいだ窮屈な姿勢を取っておいでで、血のめぐりがちょいと滞《とどこお》っただけです。さあ、皆さんお待たせしました。療治を始めますから」

あとは竜尾も右善も、中村屋に関する問いは受け付けなかった。

空駕籠で平右衛門に付添った権三と助八が、

「さあ、帰りに足腰立たねえお人はいやすかい」

と、また冠木門をくぐった。腰痛の婆さんが、

「それじゃちょいと頼もうかねえ。もうすぐ終わるから」

応えると、まだ待合部屋の大工が縁側に出て、

「やい、権と八。さっきはあんなに焦《あせ》ってやがったが、中村屋の旦那、どんな具合だったんでえ」

「なにぃ、ここのお師匠に聞かなかったのかい。いまごろあの旦那、商舗《みせ》でぴんぴんしてござらあ」

「最初はご新造さんとお嬢さんが慌てなすって、それで俺たちも急いだだけさ」

権三が威勢よく返し、助八が反省するように言った。

「おめえら、中村屋に金轡《かねぐつわ》でもはめられたんじゃねえのかい」

「なにい」

大工の言葉に権三がやり返そうとした。

「こらあ、よさんか」

療治部屋に入っていた右善が廊下に出た。

中では竜尾が、

「さあ、始めます」

鍼を手にしていた。

療治処での中村屋の話はこれで鎮《しず》まった。

権三も助八も縁側に腰をかけ、おとなしく婆さんの療治が終わるのを待った。

だが、腰痛の婆さんも炭屋のおかみさんも、まだ訊きたそうな表情をしている。町の住人たちは、平右衛門が空の駕籠をお供に、番頭の六兵衛に支えられ、そのうしろにお栄とお里がつづいて帰って来たという異常な光景を目にしている。

（やはり、尋常ではない）

思った者は少なくなかった。

三

「きょうはすっかり遅うなってしまいましたじゃ」

と、下働きの留造とお定が台所から四人分の膳を居間に運んで来たのは、すでに陽が落ち部屋の中は灯りが欲しい時分になっていた。療治処では食事は竜尾、右善、それに留造とお定の四人でとるのが慣《なら》わしになっている。とくに夕餉《ゆうげ》はそうである。

留造とお定の老夫婦も、なにかを訊きたそうな表情をしているが、遠慮しているようだ。大工が、権三と口喧嘩をしそうになるまえ、憑物《つきもの》があるように言いかけて言葉を呑みこんだように、口にすればそれが自分にも憑《つ》きそうな気がし、怖《おそ》れているのかもしれない。

右善が口火を切った。

「なあ、留造にお定よ。おまえたち、この町は古いのだろう。中村屋について、ちょいとみょうなうわさを聞いたのだが、詳しく話してくれんか」

「そう、わたしも聞きたい。ずいぶん古い話のようだけど、中村屋さんにいったい何があったのですか。祟りだの憑物だのと」

右善と竜尾から交互に見つめられ、留造とお定は困惑したように箸《はし》をとめ、

「おまえさん」

「う、うん」

お定が留蔵に話を割りふったのへ、留造はさらに困惑した表情で、

「あれは、お師匠がここに療治処を開かれ、わしらが一緒に住まわせてもらうようになる、幾年か前のことでしたじゃ」

「ならば、十年近く前ですね」

「へえ」

うなずきを入れたのはお定だった。

竜尾が神田明神下の湯島一丁目に鍼灸療治処を開いたのは、三十路《みそじ》を超したばかりのころである。いまは四十路《よそじ》に近いが、そのころの容貌《きりょう》がすこしも衰えていない。

「あっ、灯りを入れまする」

お定が気を利かし、行灯《あんどん》に台所から火を取って来た。

居間には、外からの明かりと行灯の灯りが交叉《こうさ》した。

そのなかに留造は、

「あぁ、この話、してよいのやら悪いのやら」

「なにか知っているのなら申せ、留造。儂《わし》も元隠密廻り同心じゃ。町のため、中村屋のため、尽力せんとも限らんぞ」

「そうですよ、留造さん。右善どのは、鍼は半人前でも、世故《せこ》には長《た》けて頼りになるお人ですから」

「半人前は余計だ」

「ふふふ」

右善が怒ったふりをし、竜尾が笑ったのへ留蔵とお定もつづき、座の雰囲気はいくらかやわらいだ。

留造は語りはじめた。留蔵とお定は竜尾が鍼灸の療治処を開くまで、町に雇われ住人から番太郎《ばんたろう》などと呼ばれている木戸番人をしていた。町内の木戸の開け閉めと火の用心の夜まわりがおもな仕事である。だから町の出来事には詳しかった。

「中村屋さんは、ご夫婦そろってようできたお人じゃったが、なぜかお子に恵まれませんじゃった。そこで平右衛門旦那はつい、外に女をこしらえなすった。お絹《きぬ》さんといって、内神田で三味線の師匠をしておいでの女《ひと》でやした」

横でお定がしきりにうなずいている。

「そこにお子が生まれましたのじゃ」

「まあ」

声は竜尾だ。

「多恵《たえ》ちゃんといって、まあ可愛い女の子じゃった」

「ん？　中村屋の娘はお里ではないのか」

「まあ、黙って聞いてくだされ」

右善が喙《くち》を容《い》れたのへ、留造は真剣な表情で諫《いさ》めた。

「それがばれて、夫婦間でどんな応酬《やりとり》があったのか、わしらは知らん。このあと、お内儀のお栄さんはよう決断なされた」

「ほう、いかに」

右善は上体を前にかたむけ、竜尾は凝《じ》っと聞いている。

「多恵ちゃんが三歳のときでしたじゃ。養女として中村屋に入れなすったのじゃ。お絹さんも、自分の手許で父《てて》なし子として育てるより、中村屋に託《たく》したほうが、多恵ちゃんの仕合わせになると考えなすったのじゃろ。そのときにお絹さんは、平右衛門旦那と手を切り、多恵ちゃんにも一生会わないとの一札《いっさつ》を、本妻のお栄さんに入れなすった。じゃが、外神田と内神田じゃ、筋違御門の橋をひとまたぎするだけで行き来できまさあ」

右善も竜尾もうなずいている。

「そこでお栄さんが費用を出し、お絹さんはお城の西側になる内藤新宿《ないとうしんじゅく》に引っ越しましたじゃ」

「三歳といえば、可愛い盛りでしょうに」

「はい、そのとおりで」

竜尾が言ったのへ、留造は応えた。お定もうなずいている。

「内藤新宿からお絹さんは、ときおりそっとわしらのいる木戸番小屋に来なすって、お多恵ちゃんのようすを訊きなさるのじゃ。わしもお定も話しましたじゃ。中村屋の娘として、可愛がられて元気に育っている、と。いいえ、お絹さんを安心させようと、嘘を言っているのじゃありやせん。本当なんでさあ。それはそれはもう、お栄さんも平右衛門旦那以上の可愛がりようで。これは町のどこで訊いてもわかりまさあ。

そのたびにお絹さんは安堵《あんど》し、帰って行きましたじゃ」

「ときおりというが、そのお絹さんとやらは、内藤新宿からそうたびたび来ていたのか」

「たびたびというか、年に二、三度でしたかなあ」

「そう、そのくらいでした。はじめのうちは」

お定があとをつないだ。みょうな言い方である。

竜尾が問いを入れた。

「ようすを訊くだけで、直接遠くからでも、お絹さんは多恵ちゃんの姿を見ようとしなかったのですか」

「とんでもありません。そんなの、多恵ちゃんのためにもよくありませんじゃ」

留造は応えた。一札入れていることでもあり、そのあたりはお絹も、生みの親より育ての親と、苦しいだろうが心得ていたようだ。

「ところがですじゃ、多恵ちゃんが八つのときでしたじゃ。本妻のお栄さんに、お子ができましたのじゃ」

「なんと……。でも、不思議はありません。結ばれてから十年目に子宝に恵まれた夫婦の例もありますから」

竜尾が言った。

「そりゃあそうでやしょうが、可哀相なのは多恵ちゃんでさあ。まだ八つですぜ。実の子が一歳二歳と長じるにつれ、そりゃあ可愛いでやしょうが、多恵ちゃんの中村屋さんでの居場所がしだいにあやしくなりやして……」

留造は言葉を切り、

「定、ここからはおまえが話せ」

「えっ、あたしが？」

急に留造から言われ、お定は戸惑った。

竜尾と右善はさきを予測したように、視線をお定に向けた。二人とも目つきが険《けわ》しくなっている。

二人に見つめられ、お定は口を開いた。

「そのとき生まれたのが、いまのお嬢さんのお里ちゃんで。そりゃあもう多恵ちゃんも可愛い娘でしたが、お里ちゃんもまあ、可愛い……」

実際、いまのお里は美形である。

「こら、お師匠と右善の旦那が聞きたがっておいでなのは、そんなことじゃなかろう」

「わかってますよう」

留造が叱るように言ったのへお定は反発し、ふたたび話しはじめた。

「多恵ちゃんが十歳になった春でした。お里ちゃんが三歳の可愛い盛りのときでしたよ。いえね、まえまえからうわさには聞いていました。多恵ちゃんが家でいじめられてるって。中村屋の女中さんからも聞きました。多恵ちゃんが木戸番小屋に来ましてね、急に泣き出したのですよ。見ると、手や足につねられたようなアザがいくつもあり、きのうきょうできたのではないものもありました。それで、あたしらに訊くのです。木戸番さんなら知っていなさろう、と。わたしのほんとうのおっ母《か》さんはどこだって。あたし、もう、応えられませんでしたよ。女中さんが找《さが》しに来て、そっとあたしらに教えてくれました。家で多恵ちゃんは子守り女のように扱われているって。しかも、奥では多恵ちゃんが十歳になったのを機に、どこかへ奉公に出す話が出ているって。もちろん、言い出したのはご新造さんですよ。そりゃあお妾《めかけ》の子の多恵ちゃんより、自分の腹を痛めたお里ちゃんのほうが可愛いのはわかっていますよ。だけど一度は養女にしておきながら……」

お定は言葉をつまらせた。

「それから、それから多恵ちゃんはどのように」

「いま、そのような娘は中村屋にいないが」

表情を曇らせ、竜尾が訊いたのへ右善がつないだ。

お定はふたたび話しはじめた。

「さすがに奉公に出す話は、平右衛門旦那の反対でおながれになりましたようで」

「あたりまえだ」

怒ったように右善は言った。

お定はつづけた。

「ですが、その話がきっかけになったか、その年から多恵ちゃんは寝床を女中部屋に移されたそうです。ご新造さんの扱いも非道《ひど》く、冬場など手はあかぎれができ、いつも顔は土気色《つちけいろ》でした。血色などありません。それに痩せて、以前の可愛さも消え失せておりました」

右善がまた言った。

「なんとも、女とはてめえの子のためなら、蛇《じゃ》にも鬼にもなるのだなあ」

「そのようです。したが、いまのお栄さんからは想像もつきませんが。きょうも昼間、筋違御門の番所で会ったばかりですよ」

竜尾がつづけた。

留造が言った。

「そりゃあそうでさあ。中村屋に娘といえば、いまは実子のお里ちゃんだけなんでやすから」

「だから、さっきも竜尾どのが訊いたろう。多恵とやらはどうなったのだ。あっ、まさか……」

「いえ、死にも殺されもしやせんでしたがね。おい、定。つづけろ」

右善の問いに留造が応え、ふたたび話を割りふられたお定は語りはじめた。

「そのようなとき、生みの親のお絹さんが、また木戸番小屋に来たのです」

「迷いましたじゃ」

留造が言う。

またお定が語った。

「お絹さんに心配かけてはいけないと思い、可愛がられています、と話したのです。お絹さんは満足そうに帰って行きました。あたしらが、迷いに迷ったのは、そのあとです。やはり、多恵ちゃんはお絹さんの許《もと》にいるほうが、いいのじゃないか、と」

「ちょっと待て」

右善が問いを入れた。

「そのお絹じゃが、内藤新宿で三味線の師匠をしているのだな」

「へえ」

お定が返し、右善は問いをつづけた。

「多恵を手放したあと、また独り身《ひとみ》になったわけだが、新しい情夫《いろ》はできなかったのかい」

「ああ、それなら懸念に及びませんや。そりゃあ言い寄る男はいやしたでしょうが、誰かに囲われているような、そんな気配はありやせんでした」

「はい。それはあたしも感じました。新しい男がおれば、雰囲気でわかりますから」

留造につづけてお定も言ったが、これには女同士の勘であろうか、竜尾はうなずいていた。

お定はつづけた。

「木戸番人が大店《おおだな》の内輪のことに出しゃばっていいのか。余計なことをすることにならないか、と。そりゃあもう、一年以上も迷いつづけました」

留造も深刻な表情でうなずいている。

だが、あるきっかけがあったという。

「中村屋の女中さんから聞いたのです。奥の居間で、一両という金子《きんす》がなくなったらしいのです。それをお栄さんは、多恵ちゃんがくすねたと言って、激しく折檻《せっかん》し、それも女中さんたちが見ちゃおられないほどだったらしいです。多恵ちゃんはわたしじゃないと、気絶するまで言いつづけたらしいです。その数日後です。多恵ちゃんは物置で首を括《くく》り、自滅しようとしたらしいのです」

「なんですって!」

竜尾が声を上げ、右善も、

「らしいたあ、しなかったのかい」

「はい。ちょうどぶら下がったところを女中が見つけ、しがみついて持ち上げ、なんとか助けたらしいのです」

「ふむ。まあそれはよかったが。さっきから聞いていると、亭主の平右衛門はあまりにもだらしがねえじゃないか。中村屋の旦那といやあ質屋仲間の惣代の一人で、まっとうな商いをして、奉行所でも評判のいい男だぞ」

「わしもそう思いますじゃ」

留造が相槌《あいづち》を入れた。

竜尾がお定を見つめたまま、

「それはそれとして、なくなったという一両はどうなったのです。それにそのあと多恵ちゃんはどうなりました」

　先を急かした。

　お定はうなずき、話をつづけた。

「奉公人たちは互いに語り合ったらしいです。一両紛失など、ご新造さんのでっち上げじゃないか、と。結局、ご新造さんの勘違いだったらしいのです。そのあとも、多恵ちゃんは女中扱いで、相変わらず女中部屋で寝起きしていたそうです。あたしはもう、これ以上お絹さんに嘘をつきつづけるのが恐ろしくなり、内藤新宿に走りました。場所はお絹さんから聞いておりましたので」

「わしも、もっと早う本当のことを話しておくべきじゃったと思いましたじゃ」

　留造がまた相槌を入れた。

「それで？」

　竜尾はお定を見つめたまま、さきを急かした。

「はい、行きました。町の裏手の小ぢんまりとしたお家で、三味線指南の小さな看板を出し、あの土地にも色街があり、けっこうお弟子さんもついているようで、男のにおいはありませんでした」

「ふむ」

右善は満足そうにうなずきを入れた。そうでなければ、多恵を引き取ることはできない。

「話しました、思い切って、なにもかも。お絹さんは泣き崩れ、これまで嘘をついていたのかと、逆上したようにあたしの肩をつかんで詰《なじ》り、いまから多恵ちゃんを取り戻しに行くと家を飛び出そうとしたのです。止めました、必死になって。でも、止められませんでした」

外はもうすっかり夜になり、行灯《あんどん》の灯《あか》りに、四人とも膳には最初のひと箸をつけただけでほとんど食事は進んでおらず、味噌汁も冷めてしまっていた。

四

必死になって止めたが止められなかった、とお定は言った。

お定は実際、必死になった。いま内藤新宿を飛び出し神田明神下に走り、中村屋に乗りこんだのでは、木戸番人の留造お定夫婦の町内での立場はなくなる。

お定はひとまずお絹をなだめ、帰途についた。心も足取りも重かった。いまはなだめたものの、

（このあと、どうしよう）

町に雇用され、木戸の開け閉めと火の用心の夜まわりが仕事の木戸番風情《ふぜい》に、町の大店《おおだな》の奥向きに係《かか》り合《あ》うことなどできようはずがない。係り合えば、木戸番小屋を追い出され町にも住めなくなり、夫婦そろって路頭に迷うことになるだろう。

そのような立場を、お絹は解していた。だからときおり、ようすを訊くだけの用に立ってもらっていたのだ。事実を知らせに来たお定を詰ったものの、一度大きく息をついてから考えれば、

（よくぞ知らせてくれた）

ことになる。

お定が帰ったあと、お絹は飛び出していた。

町駕籠に乗り、どこでお定を追い越したかわからない。

お定が神田明神下に帰り着いたとき、中村屋の門前にひと騒動が起こっていた。幾人か、野次馬まで集まっている。お定は驚き、木戸番小屋に帰るよりも中村屋に駈けつけた。事情はすぐにわかった。

お絹が乗りこみ、多恵の実情を見たのだった。多恵は臥《ふ》せっていた。それをまたお栄は邪魔者扱いにしていた。多恵は痩せ衰え顔は土気色というよりどす黒く、きょう

あすに死んでもおかしくない状態だった。

お絹は逆上した。このとき、多恵は十二歳、お里は五歳だった。

あるじの平右衛門は仕事熱心でまっとうに商いに精を出していても、奥向きのことはしっかり者のお栄に任せっきりだった。それだから仕事に没頭できたのだが、むろん多恵のことは気になっていた。そこへかつての妾《めかけ》のお絹が乗りこんで来ては、ただ仰天し、おろおろするばかりだった。

病床の多恵は戸惑った。別れが三歳のときであれば、記憶にお絹の顔はない。そこへ多恵にお絹が生みの親であることを告げたのが、騒ぎを聞いて駈けつけた留造だった。古くからいる商舗の奉公人も女中たちも肯是《こうぜ》し、ようやく多恵は信じた。以前に一度、木戸番小屋へ、自分は本当に中村屋の子かと問いに行ったことがあるのだ。それより多恵は、わずかでも身寄りとなれば、泣いて取りすがりたい気持ちだったのだ。

お絹はその場で着の身着のままの多恵を奪い返すように引き取り、町駕籠に乗せ、内藤新宿に帰った。

そのときお栄はお絹に言ったものだった。

「――ああ、わが家の疫病神を連れて行ってくれるのなら、大助かりですよ」

この言葉は、十二歳になっていた多恵も慥《しか》と聞いた。

中村屋の前につめかけていた野次馬たちは、

「結局は、こうなるんだなあ」

「――多恵ちゃん、ほんとうに可哀相だったねえ」

口々に言い、散って行った。

留造も木戸番小屋に戻り、お定に語った。

「――お絹さんがいきなりここに来て、これから中村屋へ娘を取り戻しに行きます。木戸番小屋のお定さんから聞いたことは、おもてに出しませんからと言うなり、また飛び出して言ったのだ」

お絹は留造とお定の立場を解していた。それにお絹は、多恵のようすを訊いていたのは、留造とお定だけではなかった。明神下に出向いたとき、町内のそば屋などからも客をよそおい、それとなく聞き込みを入れていた。いいうわさは聞かれなかった。だが、留造とお定の言葉を半信半疑ながらも信じた。というより、信じようとしたのだ。そのお定がわざわざ内藤新宿まで事実を知らせに来た。そこでお絹は逆上したのだった。

療治処の、行灯の灯りだけの居間は、重苦しい空気に包まれた。

それを払拭《ふっしょく》するように、お定が言った。

「それからです。ご新造のお栄さんが、以前の愛想のいい商家のおかみさんに戻り、どの奉公人にも優しくなったのは」

「腹が立ちやすぜ。それから一年、二年とたつうちに、中村屋のお人ら、以前を思い出しても多恵ちゃんをまるでご新造さんの言いなすった〝疫病神〟だったみてえなことを言いやがるんでさあ」

と、留造があとをつないだ。結局、部屋の空気は晴れなかった。

右善が問いを入れた。

「亭主の平右衛門は、なにもしなかったのかい。妾の子でも、平右衛門にとっちゃ実の子だぜ」

「そうなりまさあ」

悔しそうに応えたのは留造だった。

「騒ぎの最中、わしが多恵ちゃんにはっきりと、お絹さんが生みの親だと言ったものだから、あの旦那、わしと定がお絹さんの居所を知っているのじゃねえかと目串《めぐし》を刺し、木戸番小屋に訊きに来なすった。せめて多恵の生活の足しにと、三十両もの大金を用意されやしてね。ですが、来なすったのはお絹さんが多恵ちゃんを連れ帰ってから、一月《ひとつき》以上もたってからですぜ。これが翌日か二日後にってんなら、わしも定も喜んで平右衛門旦那を内藤新宿までお連れしましたさ。でもまあ、三十両もの大金を用意されたのじゃ、教えねえわけにはいかねえ。それに平右衛門旦那は、直接自分で持って行くと言いなすった」

「持って行ったのか」

「へえ、行かれやした。ところが……」

お絹も多恵も、内藤新宿にはいなかった。平右衛門は近所に訊いてまわった。確かにお絹という三味線の師匠がそこに住んでいた。一月《ひとつき》ほど前、自分の子だと言う娘をいずれからか連れて来て、その子の体調がすぐれないのでどこか静かな土地で養生させたいと引っ越したというのだった。当然、平右衛門は引っ越し先を訊いた。ところが近所の住人は、

「――年増《としま》になってもあの容貌《きりょう》でさあ。言い寄る男もいて、それらを振り払うためでやしょうか、誰にも引っ越し先は話しておりませせぬ」

と、言ったという。

それで平右衛門はまた木戸番小屋に来て、留造とお定に訊いたという。

「あたしらも知らないんですよ。そのとき初めてお絹さんが内藤新宿から引っ越したと聞いてびっくりしたくらいですから」

お定が応え、留造がまた言った。

「そのあとでさあ、お師匠がここに鍼灸の療治処を開かれ、わしら夫婦を引き取ってくだすったのは。そのときはすでに中村屋の評判も昔のようによくなり、町の者はみんな、わしらもそうでやすが、多恵ちゃんが家でいじめられているのを、可哀相だと思っても見て見ぬふりをしていたうしろめたさがありまさあ。それでみんな、その話をしなくなったのでさあ。それに、実子のお里ちゃんは、ほんとうに明るくっていい娘さんでやすからねえ」

「それで、いろんな話が飛び交う療治処《こ こ》の待合部屋でも、多恵ちゃんの話は誰もしなかったのですね」

「そ、そうなんです。あたしらも。申しわけないことで」

「いいえ、申しわけないことなどありません。それでいいのです」

お定が言ったのへ竜尾が返した。

「話しついでだ。もっと聞かせてくれ」

右善がまた問いを入れた。

もう夜もかなり更けている。

「こたびの件で、町の者が〝祟りだ〟などと言っているのは、ありゃいってえなんなのだ」

「へい、話しやす。実はこれが初めてじゃござんせんので」

留造が身づくろいをするようにあぐらの足を組み換えた。

「あれはお里ちゃんが十六のときでやした」

「四年前ですね」

竜尾が言った。竜尾もそのころのお里を知っており、今年お里は二十歳《はたち》なのだ。

「へえ、さようで」

留造は返し、

「中村屋さんでは、早くつぎの代を育てようと、遠縁にあたる親戚筋から歳《とし》の合う若いのを找《さが》し、お里ちゃんも承知し、縁談がまとまったらしいのでさあ」

「ほう」

と、右善。

「ところが日取りもほぼ決まったときに、その若いのがはやり病《やまい》でぽっくりと」

「逝《い》ったのか」

「へえ。そのときからでさあ」

秘かにうわさがながれたという。

である。そのうわさに便乗し、

「――そう言やあ、あのとき多恵ちゃん、病《やまい》で臥せっていたからなあ。痩せて顔色も悪く、労咳《ろうがい》だったのかもしれねえ」

「――それを駕籠に乗せたのがいけなかったのだぜ」

もっともらしく言う者もおり、あのあとすぐにお絹と多恵が行《ゆ》く方《かた》知れずになったのも事実だった。

「お師匠に黙っていたこと、申しわけないです。以前のことを引きずりたくなかったもので」

またお定が申しわけなさそうに言ったのへ、

「いいのですよう、それで。でも、いま話してくれたことで、お里ちゃんには気の毒だけど、祟りの意味が解りました」

竜尾の顔は真剣だった。

新たなその縁談を聞いたとき、二十歳の娘にはいくぶん遅いが、

(――お里ちゃんもようやく)

と、竜尾は嬉しく思ったものである。

中村屋では、室町《むろまち》の田嶋屋《たじまや》という大振《おおぶ》りな同業者の次男・千吉郎《せんきちろう》をお里の婿《むこ》に迎える話がまとまり、周囲にも明らかにし、両家で正式に日取りを決める段になっていたのだ。同業から婿養子を迎えるのだから、商家にとってはこれほどめでたいことはない。お里も喜び、以前のことは払拭し、千吉郎と一緒に芝居見物にも出かけるほどだった。

それが三日前だった。二人は芝《しば》の増上寺《ぞうじょうじ》と愛宕権現社《あたごごんげんしゃ》への参詣《さんけい》に出かけた。増上寺は豪壮広大で、権現社の境内からは江戸湾が一望できる。お里がその絶景に見とれているとき、千吉郎が愛宕名所の男坂の八十六段の石段から転げ落ち、打ちどころが悪く、一番下まで落ちたとき、すでに息は止まっていた。

お里はその衝撃で寝込んだ。

その事件か事故に竜尾も右善も仰天し、婚礼を間近にひかえた若い男女の不幸を悲しんだものである。

その日からである。さっそく神田明神下の町々でふたたび、

「多恵の祟り」

が、ささやかれはじめたのだった。

そして三日目のきょう、千吉郎の野辺送りである。

お里は床《とこ》を払い、平右衛門とお栄と一緒に参列した。そのときの町駕籠の一挺が権三と助八だったのだ。

このときの血瘀《けつお》が父親の平右衛門ではなく若いお里だったら、〝多恵の祟り〟はまさしく本物になって明神下の住人の口々に膾炙《かいしゃ》されたことであろう。だが、平右衛門でもおなじことだった。平右衛門が仕事にかまけて、奥向きに関与しなかったのが、お栄の継子《ままこ》いじめを呼びこんでしまったのだ。

重苦しい雰囲気のなかに、竜尾がぽつりと言った。だが、決して多恵の祟りを認めたのではない。ただ言っただけである。

「多恵ちゃん、生きていたら、ことし何歳かしら」

「えーっと、二十七歳になりまさあ。もう子供の二、三人はいてもおかしくないころ合いでさあ」

「おいおい、多恵とお絹の母娘、死んだと決まったわけではなかろう。そのとき十二歳だった多恵が労咳だったなども」

右善が竜尾と留造の会話に割って入り、

「それに心配なのはお里だ。みょうなうわさを立てられ、その上、許婚《いいなずけ》の千吉郎が権現社の石段を転んで落ちたとき、お里も一緒にいたのだろう。室町の田嶋屋は、いまは悲しみのどん底で言葉もなかろうが、やがてお里が田嶋屋から詰《なじ》られることにならねばいいのだが。そうなりゃあ、こんどはお里が痩せ細ってしまうぞ」

と、ここは右善が年の功を示した。

竜尾も言った。

「お里さんの身に、二度もおなじような不幸があったのでは、これから中村屋さんにどんな些細な騒ぎが起こっても、町のお人らは多恵ちゃんの祟りにしてしまわないかしら。それも心配です」

「考えられまさあ。けさがた、お手代の作之助さんが冠木門に飛びこんで来やしたでしょう」

「ああ、刀を質入れしようとした浪人だが、べつに暴れていたわけじゃなかったぞ」

「それでもお手代さんが旦那を呼びに走って来なさった。中村屋の奉行人さんたちも、きっと怯《おび》えていなさるんですぜ」

留造の推測に竜尾が応じた。

「右善どの、中村屋さんに騒ぎがあれば、どんな些細なことでもすぐ駆けつけてあげてくださいな。あらぬうわさを防ぐためにも」

「おいおい。わしは中村屋の用心棒になるため、療治処《ここ》にいるんじゃないぞ」

右善は返した。

四人とも笑っていない。真剣な表情だ。

この夜、夕餉の膳を四人とも残してしまったのは、冷めたからではない。

「ああ、これ、もったいない。あしたの朝、温めてまた出しますよ」

お定は言い、かたづけにかかった。

右善は提灯を手に離れに帰った。庭づたいで灯りがなくても行き来できるが、提灯は部屋に入ってからの、行灯の火種である。いつもそうしている。

行灯に火を取り、

「うーむ」

右善は一人考えこんだ。

——中村屋さん、きっと怯えていなさる
そのとおりかもしれない。

——すぐ駈けつけてあげてくださいな
中村屋のためだけではない。諸人《もろびと》があらぬうわさに翻弄《ほんろう》されないためにも、

(ここはひとつ、中村屋の用心棒になるか)

右善は胸中につぶやいた。

五

翌日、療治処では昨夜の残り物を温めただけの朝餉《あさげ》をすませ、留造が冠木門を開けたばかりの、まだ朝のうちだった。

その冠木門を最初にくぐったのは患者ではなく、右善の息子の児島善之助だった。定町廻りにふさわしい、三十路《みそじ》でまじめ一徹の人物だ。このせがれに嫁取《よめと》りをしたのを機とし、右善は隠居して八丁堀の組屋敷を出たのだ。

この時分に神田明神下に訪ねて来るとは、八丁堀をかなり早く出たのだろう。

岡っ引の藤次《とうじ》も一緒だった。右善の代からの岡っ引で、奉行所の役務を善之助に継がせたとき、藤次を、

「――まじめ人間でかえって困るときもあろうが、面倒をみてやってくれ」

と、善之助に付けたのだ。

藤次は右善に仕込まれた岡っ引であり、善之助はその藤次に助けられるところが多々あった。

療治部屋も待合部屋も障子を開け放し、湯を沸かすなど準備を整えているときだっ

た。湯は鍼を消毒したり薬草を煎じたりするのに必要なものだ。

「あ、右善の旦那。善之助さまが。こんなに早く、なにか？」

と、縁側の拭き掃除をしていたお定が、冠木門を入って来た善之助と藤次に気づいた。元隠密廻り同心の身分を隠していたときは、善之助が来ることはなかったが、いまでは着ながしご免に黒羽織を着け、両刀を落とし差しの八丁堀姿で堂々と出入りするようになっている。

「大旦那、すまねえ。ちょいとこの方向に来ちまったもので」

庭から療治部屋の右善に言ったのは藤次だった。

そのもの言いにも、腕利きの岡っ引であることがうかがえる。もし藤次が、この町に用事ができたものでなどと言おうものなら、留造もお定も、さらに竜尾も事件かと驚くだろう。それをにおわせないために、きわめて自然に藤次は〝この方向に〟と言ったのだ。

それだけで右善には、

（こやつら、事件に関係することでこの町に来た）

ことがわかる。

「おう、おめえら。儂《わし》の離れで待っておれ。すぐ行くから」

右善は言うと竜尾に、

「師匠、そういうことで」

「はい、どうぞごゆっくり」

竜尾は返した。以前は隠密廻りでその探索に合力《ごうりき》した竜尾であるが、現在《いま》は右善が竜尾に住み込みで弟子入りしているのだ。療治部屋を出るのに竜尾の承諾を得なければならない。相手が竜尾であるせいか、右善は緊張の日々であった八丁堀暮らしのときにくらべ、心の安らぎを覚えている。

ひと間《ま》しかない離れに戻った。

善之助と藤次は端座の姿勢で待っていた。それが善之助の性分で、藤次も従わざるを得ない。

(以前なら、あぐらか寝っころがって待っていたのだが)

藤次は思っていることだろう。

「おう、おめえら。しゃちほこ張っていねえで足をくずせ。こんな朝早くに来るなんざ、なにかこの町に関わる事件でもあったのかい」

言いながら右善は、二人の前にあぐらを組んだ。

「それでは」

言いながら善之助は足を端座からあぐらに組みかえ、

「先日、愛宕の権現社で男が一人、あの長い石段を転げ落ち……」

話しはじめると、

（やはり、そのことか）

右善は思った。

きょうあすにでも八丁堀に帰り、奉行所の動きを訊いてみようかと思っていたところなのだ。千吉郎の転落死を、町内の者とおなじように〝祟り〟と結びつけたわけでも不審に思ったわけでもない。千吉郎の許婚者が中村屋のお里だったことから、奉行所の見方がちょいと気になったのだ。いまの右善の念頭にあるのは、昨夜、竜尾が言った、中村屋に因縁をつけたり狼藉《ろうぜき》を働く輩《やから》がいたなら、小さなうちに押さえ込んでしまうことだけだった。口では否定した〝用心棒〟を、すでにやらねばならないと心に決めている。

だが善之助の話は、右善をさらに広い範囲に引っぱり出すものであった。

善之助は言った。

「あれは不注意の事故ではなく、どうやら事件のにおいがするのです」

「なんだと。そんなはずはあるまい」

右善は否定した。事件だとすれば、考えたくもないことであり、また考えられないことである。

（お里が……!?）

「へへ。大旦那と話すときは、やはりこれが一番でさあ」

と、善之助につづいてあぐらを組んだ藤次が、補佐するように話に入った。

「石段の手前で江戸湾の絶景に見とれている若え男と女の背後で、ふらついた男《わけ》が千之助の背にぶつかったのを見たという参詣人がいるって話をしている神官がいるらしいので」

と、藤次はややこしい言い方をした。

無理もなかった。愛宕権現社の石段は、明らかに寺社地である。ならばそこは寺社奉行の支配地で、町方が関与することはできない。支配違いとはなかなか厳しいもので、境内で人殺しがあっても、町方は寺社奉行の要請がない限り、岡っ引を入れて聞き込みをすることさえできないのだ。そこは右善もじゅうぶんに心得ている。隠密廻りが変装をして入っても、それが発覚すれば、町奉行が寺社奉行はもとより老中や若年寄からも叱責される大問題となるのだ。

「そういうことを、熱心な氏子《うじこ》で月に幾度も権現さんにお参りしているってえ畳屋のおかみさんから聞きやしてね」

と、やはり藤次の話は、又聞《またぎ》きものであった。

かえって右善は、内心ホッとした。お里ではなかったのだ。

藤次からそれを聞かされた善之助は、与力に報告した。

与力の反応は、予測したとおりだった。

「——寺社方からなんの依頼も来ておらん。余計なことに気をまわすな」

そればかりか、

「——ゆめゆめ岡っ引を権現社の境内に入れ、疑わしい行動を取らせたりするでないぞ。おまえに付いている岡っ引は、隠密廻りの右善の岡っ引だったゆえなあ」

などと、釘を刺される始末だった。

殺しの臭いがする事件でも、支配違いで手を出せないのは、役人である以上、善之助も心得ている。その仕組も、一介の町方には如何《いかん》ともしがたいことも解している。

だが、その仕組を盾《たて》にほくそ笑んでいる者のいることが、定町廻り同心である児島善之助には許せなかった。しかしできることといえば、奉行所の同心溜《だま》りで同輩に愚痴《ぐち》をこぼすことだけである。

それを善之助は、八丁堀の組屋敷に戻ってから吐露《とろ》した。女房に対してである。

児島家の嫁は萌《もえ》といい、おなじ八丁堀で右善の同輩の娘である。明るい性格でくだけたところもあり、堅物《かたぶつ》のせがれにはこんな嫁がちょうどいいと、右善が申込んだのだった。おなじ八丁堀育ちだから善之助とは幼馴染みであり、幼少のころから右善のお気に入りだった。

萌は、憮然とした表情で奉行所から帰って来た善之助を玄関で迎え、居間で愚痴を聞かされると、笑いながら言ったものだった。

「――あら、ほほほ。そんな垣根など、飄々《ひょうひょう》と踏み越えてしまうお方がおいでじゃありませんか」

「――どこに」

「――神田の明神下ですよう」

「――あっ」

善之助はいま気づいたように声を上げた。

その準備のためにと、さっそくきのうの田嶋屋での野辺送りに藤次を潜入させ、聞き込みを入れさせたのだ。そこで判《わか》ったのが、境内で一緒にいた娘が明神下の中村屋のお里で、二人は許婚だったということであった。支配違いの町奉行所は、そのことすら得ていなかった。というより、知ろうとしなかった。

それできょう、萌に見送られ、朝早くに藤次を連れての明神下詣《もう》でとなったのだ。右善の意図したとおり、女房どのの萌が、堅物同心・児島善之助の原動力になっているようだ。

「ほう、萌がさようなことをのう。大いに垣根を越えさせてもらおうじゃねえか。田嶋屋の千吉郎が何者かに突き落とされたとなりゃあ、科人《とがにん》を挙《あ》げねえじゃ、このあと中村屋にどんな災厄《さいやく》が降りかかるか知れたものじゃねえぞ。実はなあ……」

と、昨夜聞いたばかりの中村屋にまつわる話を詳しく語った。長い話なので、これだけでもけっこうな時間がかかった。

「えぇえ！　さようなことが」

「そりゃあ旦那、祟りなんかじゃありやせんぜ。千吉郎はあの八十六段の石段にふわっと引きこまれたのじゃなく、突き落とされたのでやすから」

善之助は声を上げ、藤次は語った。

二人とも、事件への興味をいっそう強めたようだ。

「そこでだ、善之助。この事件、おまえならどこから手をつける」

「そりゃあ……」

右善の問いに藤次が応えようとしたのへ、

「おっと、待ちねえ。権現社の境内に聞き込みを入れようなんてことは考えるんじゃねえぜ。これはご法度《はっと》だからなあ」

「そ、そりゃあ、そうでやすが」

右善が、話のさきを予想し先手を打ったのへ、藤次は戸惑いを見せた。案の定、藤次は権現社に出向いてその神官を訪ねようと思っていたのだ。

右善は言う。

「どんな野郎か訊いたところで、面《つら》までは見ちゃいめえ。千吉郎がお里ではなく、何者かに突き落とされたと判っただけでも、藤次よ、おめえの手柄は大きいぜ」

「へ、へえ」

「そこでだ、こっちの中村屋の事情はさっき話したとおりだ。さあ、善之助。権現社を抜きにして、どこから手をつける。言ってみろ」

「そうですねえ。うーん。あ、そうだ」

善之助がなにか言おうとしたとき、玄関口から、

「右善の旦那、お茶をお持ちしましたが」

お定の声が入って来た。

右善の返事で、盆を両手で支えて当人も部屋に入って来た。

「まあまあ、若旦那も藤次親分もごゆっくりと。なんのお話でしょう。熱心に話しこまれておいでのようで」

「まだ療治部屋の手伝いはできねえ。あとでゆっくり話すからと、そう師匠に言っておいてくれ」

「はい、はい。そう言っておきます」

と、お定は部屋を出た。

離れでの話が長引いているので、心配した竜尾がお定を物見《ものみ》に寄こしたのだ。

善之助はお定が去るのを待っていたように、

「私なら、お絹と多恵の母娘がほんとうに死んだのかどうか、それを調べます」

善之助が言ったのへ藤次がすかさず、

「旦那。突き落としたのは男ですぜ。百歩譲って、お絹と多恵が生きていて誰か男を雇い、お里憎しで犯行に及んだってんなら、まあ、動機にはなりまさあ。中村屋の家付き娘になって花婿を迎えるのは、多恵だったはずでやすからねえ。それならなぜお里を襲わず、千吉郎を襲ったかって疑問が残りまさあ。もとより祟りなどとばかばかしいものからはおさらばして、的《まと》を室町の田嶋屋に絞るってのはどうですかい。相手は質屋でさあ。誰にどこでどう恨みを買っているか知れたもんじゃありやせんぜ」

まっとうな考えかもしれない。

だが、右善は言った。

「おめえの考《かんげ》えも悪かねえ。だがなあ、お里を徹底して苦しめてやろうと、許婚者のほうを襲ったとも限らねえぜ。もしそうだとしたら、これからも中村屋にどんな災厄が降りかかるか知れたものじゃねえ。ともかくおめえら二人で、内藤新宿を振り出しに、お絹と多恵の足取りを追ってくれ。消えたということは、どこかで生きている証《あかし》でもあるんだぜ。藤次の言うように、ここはひとつ祟りからはおさらばしてよ」

「へえ、そりゃあまあ、祟りからは離れやすが……」

藤次はまだ不服のようだ。頭でなにやら考えこんでいる。

お絹が多恵を中村屋から連れ帰ったのは、多恵が十二歳でお里が五歳のときだった。お里はことし二十歳であり、ならば多恵が生きておれば二十七歳ということになる。

藤次はそれを頭の中の算盤《そろばん》ではじいていたのだ。

言った。

「お絹と多恵の足取りを追えといわれても、その母娘が消えたのはもう十五年も前《めえ》のことですぜ」

「ふふふ、藤次よ。おめえ何年、儂の岡っ引をやっていたえ」

右善は藤次に視線を向け、

「お蔵入りになった殺しが、まったく別の事件を追っているうちに、ひょっこり結びついて解決に至ったことも幾度かあったろう」

「へえ、ありやした」

「だろう。人はなあ、十五年前だろうが二十年前だろうが、一本の線でつながっているのよ。十五年前を探れば、現在《いま》が見えて来ることだってあるぜ」

「そりゃあそうでやすが」

「わかったら、これから内藤新宿に行け。どんな些細なうわさも見逃すな」

「へえ」

藤次はうなずかざるを得なかった。

善之助は右善と藤次のやりとりを、呑みこむように凝《じ》っと聞いていた。

右善が、お絹と多恵の母娘にこだわったのはそこにあった。息子の善之助がそのほうの探索を主張したからではない。

(生きている。それもそう遠くないところに)

確信しているのだ。

千吉郎の転落死が殺しならば、この母娘の係り合いは、否定できない。それこそ、一本の線かもしれないのだ。

(早急《さっきゅう》に找《さが》し出し、もしそうなら、これ以上罪を犯させてはならない)

田嶋屋の千吉郎が、何者かに背を押されたかもしれないことを聞き、右善はそう決意したのである。

しかし内心では、

(博奕《ばくち》ではないが、外《はず》れであってくれ。当たりは藤次の推量のほうに)

願わずにはいられない。

善之助が、かすかにうなずきを見せた。

六

来たときのように冠木門から帰るには、療治部屋と待合部屋の前の庭を通ることになる。もうどちらにも患者が入っているだろう。

いま町内では〝祟り〟のうわさが飛び交っているはずだ。そこへ同心と岡っ引が現われたのでは、いっそううわさに輪をかけかねない。

療治処の板塀の勝手口は、右善の離れのすぐ目の前だ。

「おう、こっちから帰りねえ《けえ》」

「へへ、大旦那。気分はもう隠密廻りに戻っておいでてやすね」

勝手口を手で示した右善に藤次は言い、善之助につづいて外に出た。藤次はかつての旦那であった右善を、現在《いま》の旦那の善之助と区別するときには、〝大旦那〟などと勝手に称《よ》んでいる。

右善は庭にまわり、縁側から療治部屋に入った。左官屋の親方がもろ肌を脱いで肩に灸の煙を上げていた。待合部屋にも二人ほど患者が待っているようだ。

「すまぬ。つい話が長引いてしもうてのう」

「ああ、右善さん。そこの薬草、薬研《やげん》で挽《ひ》いておいてくださいな」

「承知」

竜尾に言われ、部屋の隅で薬研に向かってあぐらを組んだ。

竜尾は話の内容を訊きたがっている表情だ。朝早くに息子の善之助が岡っ引の藤次と一緒に来たからには、なにか事件があったに違いない。

(もしや、中村屋さんのこと?)

当然そこに思いがいたる。それで、お定を物見に出したのだが、

「――お三方《さんかた》とも、なにやら真剣な表情で話しておいででした」

お定は報告したのだ。

気になる。

だが、患者のいる前では話せない。

午《ひる》になった。

いつもなら午後は往診だが、きょうはその予定がない。

療治処には午後の患者が来るまで、しばし暇な時間ができる。もちろん昼餉《ひるげ》どきでもあるが、奥の居間に入ると立ったまま、

「権現さんの石段なあ、事件のよう……」

「善之助さまとのお話は……」

右善と竜尾は同時に口を開いた。

二人は軽い笑いを交わし、座についた。あぐらと端座である。

あらためて右善は話しはじめた。

留造とお定も同座している。二人とも、お栄のこと、お絹と多恵のことを、きのうまで一切、療治処で話さなかったのだ。口の堅いことはそれで折紙付《おりがみつき》である。二人とも、真剣な表情で右善の話に聞き入っている。

右善が話し終ると竜尾は、

「そうですか、やはり」

と、お里の身に単なる偶然が重なったのではなさそうなことに、深刻な表情になった。

「そんなこと、ありませんじゃ。あのお絹さんと多恵ちゃんを、悪者のように言わねえでくだせえ！」

「そうですよ！」

いきなり留造とお定は言った。

お定はつづけた。

「生きています。生きていますよ、二人とも。なにが祟りですか」

留造は大きくうなずいている。

二人とも、お絹と多恵の母娘に、他人には言えないほどの同情を寄せている。

右善は言った。

「なにもお絹と多恵が悪者だなどと言うておらんぞ。ただ生死を確かめ、居場所がわかれば、これまで見えなかったことが見えるかもしれぬと思うただけだ。ともかくじゃ、ここで話したこと、他言無用ぞ」

「むろんですじゃ」

留造が返した。怒ったような口調だった。

午後の療治が始まった。

いつも足にこむら返りを起こす呉服屋の旦那が、鍼の合い間に言った。

「どうしなされた。いつもならこの療治処、華やかで明るいのに、きょうはどうも湿っぽい」

お定も留造も療治部屋にいる。

「あはは、そう感じるかい。中村屋さんが気の毒でなあ。それを思うておるのだ」

右善が午前につづき薬研を挽きながら返した。

「ああ、知ってますよ。お里坊、なんとも可哀相にねえ」

「さあ、つぎは湧泉《ゆうせん》といって、足の裏の経穴《つぼ》ですよ」

「へえ」

竜尾が言い、呉服屋の旦那は寝返りを打った。

ほんとうに千吉郎が突き落とされたのなら、つぎの事件がどこかで秘かに練られているかもしれないのだ。

この日、午後は療治処に来る患者も少なく、久しぶりに四人がそれぞれ順番に町内の湯屋に出かけ、夕餉もまだ陽のあるうちにとることができた。

膳をゆっくりとつつけば、それだけ会話も進む。

きのうの余韻か、

「きっと単なる引っ越しでさあ。お絹さんが十二歳の多恵ちゃんを連れ、どこか環境のいいところへ」

「そうですよ。それを労咳だの祟りだなどと」

留造とお定が口をそろえれば、

「そうだなあ。そのとき実の娘のお里はまだ五歳だったか。母親のお栄にすれば可愛い盛りで、お里にはなんの罪もないのだからなあ」

右善も言い、竜尾も、

「お里さんが、多恵ちゃんとやらに祟られる理由など、なにもありませんよ」

言ったのへすかさず留造は切り返した。

「なんですかい、お師匠まで。多恵ちゃんは生きていまさあ、どこかで」

「そう、ことしで二十七歳ですよ」

お定がまたあとをつないだ。

「そう、そうですねえ。祟りなど、他人が勝手につくり出したものに過ぎないでしょうからねえ」

竜尾が留造とお定に圧倒されるように言うと、またすかさず留造が、

「お師匠、でしょうからじゃござんせんぜ。無責任な輩《やから》が勝手に言っているに決まってまさあ」

さらに竜尾は留造に圧倒された。

「あはは。これは師匠、留造に一本取られたなあ」

と、右善。

療治処の夕餉の座は、ふたたびいつものなごやかな雰囲気に戻った。

外はようやく陽が落ちようとしていた。


外では中村屋の古くからいる女中が二人、手拭と糠袋《ぬかぶくろ》を入れた手桶を左手で抱えこみ、下駄の音を響かせていた。

江戸の湯屋は日の出とともに火を熾《おこ》し、日の入りとともに火を落とす。火の用心のため、日暮れてから火を扱うのはご法度になっているのだ。どこの湯屋もあとは残り湯になり、冷めるばかりとなる。熱い湯に入るには急がねばならない。

湯屋の前まで来た。

「あら、あの子。おっ母《か》さんでも待っているのかしら」

「中で待てばいいのに」

と、七、八歳の女の子の立っているのが目に入った。

女中二人が湯屋の玄関に入ろうとすると、

「あのう、おばちゃんたち」

女の子から声をかけられた。

上を向いたその子の顔を見た。女中二人は瞬時、秋が深まっているとはいえ、それを超える冷たさが背筋に走るのを感じた。いまちょうど、多恵の祟りが巷間《こうかん》にささやかれているときである。二人ともそのころから中村屋に奉公している女中で、見間違うはずはない。

その女の子……七、八歳。ちょうど中村屋でいじめられていたころの多恵ではないか。

(そんなばかな)

思う余裕はない。

金縛《かなしば》りに遭ったように、二人はその場に立ちすくんだ。

女の子は言った。

「あたしのおっ母さん、中にいたら呼んで」

「はっ、は」

二人とも返事をしようにも声が出ない。逃げるように風呂屋の玄関へ飛びこんだ。

脱衣場で座りこんだ。

「どうしたのさあ。残り湯だからって、そんなに走って来て」

顔見知りの女が声をかけて来た。

女中二人は、まだ荒い息をしている。ちょうど走って来たように見える。

怖《おそろ》しく、おもてを確かめる勇気はなかった。

脱衣場を見わたしたが、あの当時のお絹もご新造のお栄もいるはずがない。

震えながら柘榴口《ざくろぐち》をくぐり、湯舟につかると、中は昼間でも暗い。二人は恐怖のあまり身を寄せ合い、互いに相手のいることを確かめるように手を握り合っていた。

湯に全身を温められ、ようやく口を開いた。

「見た？」

「見た」

それだけだった。

あとはカラスの行水で、恐るおそる湯屋を出た。

女の子はいなかった。

火灯《ひとも》しごろになっている。

二人はうなずきを交わし、肩を寄せ合い急ぎ足になった。

勝手口を入ると、屋内はちょっとした騒ぎというより、緊張の糸が張られていた。

「無事だったか」

手代の作之助が二人に言う。

「えっ」

と、わけを訊くと、作之助がおもての暖簾を下げようとしていたところへ、近所の男が駈けて来て息せき切り、

「――い、いま、多恵ちゃんを見かけた。むかしのまま、可愛らしい女童《めわらべ》で、この近くで消えた」

と、告げたという。

これが普段なら悪質ないたずらとして追い返すところだが、男は幼少の多恵を知っている近所の住人だし、〝多恵の祟り〟が町内でささやかれているときでもある。

番頭の六兵衛が、

「――そんな馬鹿な」

と、おもてに走り出たが、

「――そんなのいなかったよ」

と、戻って来たところらしい。

そこへ女中二人が、湯屋から帰って来たのだ。蒼ざめた表情で、

「あ、あ、あたしたち、み、見たのです。こ、声もかけられ……」

「あ、あ、あ、あれ、多恵ちゃんに、間違いありません。声もっ」

手代の作之助は驚き、放心したように言った。

「ゆ、幽霊……」

「えぇえ!?」

「やっぱり！」

女中二人は湿った桶を小脇に抱えたまま、その場に座りこんでしまった。

二　抜き取られた刀

一

「多恵の幽霊が出た」

「いえ。多恵ちゃんが、幽霊になって帰って来たのよ」

一夜明ければ、うわさは神田明神下に蔓延していた。

「見た」

というのが中村屋の古参女中二人と、中村屋へ知らせに走った町内の男だけではなかったのだ。ほかにも幾人かおり、中村屋とおなじ旅籠町に暖簾を張るそば屋のおかみさんなどは、

「おもての腰高障子を、七、八歳の女の子が開け、顔だけ中に入れて誰かを捜《さが》してい

るのさ。その顔を見て、わたしゃもう、手にしていた碗を落としてしまいましたよ。なぜかって？　その女の子、多恵ちゃんだったのさ。碗の割れる音に多恵ちゃん驚いたように顔を引っ込め、わたしゃ呼び止めようと急いで外に走り出ましたのさ。すると、もうどこにもいない」

蒼ざめた表情で言い、身をぶるると震わせる。そのとき客が数人入っており、そのなかに古くから中村屋の勝手口に出入りし、多恵の顔を知っているという小間物の女行商人がいて、

「はい、見ました。た、多恵ちゃんです、あ、あれは」

証言した。

夕暮れの逢魔時《おうまがどき》に白一色の経帷子《きょうかたびら》で〝うらめしやー〟と出て来たというのなら、かえって作り話のように聞こえる。多恵が着ていたのは、薄い青地に赤い紅葉《もみじ》の絵柄で青みがかった帯で、女の子らしい普通のいで立ちだったという。しかも見たと言う者の証言が、すべて一致していた。

とくに多恵と一つ屋根の下で暮らしていた、中村屋の古参女中二人の証言は、うわさに信憑性を持たせるのに決定的なものがあった。

竜尾の療治処でも話題は〝多恵の幽霊〟がもっぱらとなり、

「お師匠、ほんとなんですよ。わしゃ見たと言う人から聞いたのじゃから」

と、療治部屋で、もっともらしく話す患者が、一人や二人ではなかった。

そのたびに留造とお定は、

『あるものか！　そんなことが！』

叫びたい気持を抑《おさ》えていた。

午《ひる》近くになり、午前の患者の足が途絶えた。

それを待っていたように留造が、

「お師匠！　なんで幽霊話なんぞする人らを諫《いさ》めてくださらねえんで。右善の旦那もでさあ」

いつにない強い口調で竜尾と右善に喰ってかかった。かたわらでお定もなにか言いたそうな表情になっている。

竜尾も右善も幽霊話に、

「まあ、そうですか」

「ふむふむ」

と、一貫して聞き役になっていたのだ。

手の空いたところで、竜尾が右善に言った。四人とも、まだ療治部屋である。

「出たのは、ほんとうのようですねえ」

「そのようだ」

右善が返したのへ留造がまた、

「お師匠も旦那も、そんなことを」

喰ってかかろうとしたのを右善は手で制し、

「どうやら、生身《なまみ》の人間が動いているようだなあ」

「わたしも、そう思います」

竜尾は返した。

「生身の人間!?」

声を上げたのはお定だった。

「おっと、留造にお定。このことはきのうも言ったように、口外無用ぞ」

「へ、へい」

留造は怪訝な表情で返した。

四人は居間に移った。

右善と竜尾は、患者たちのうわさ話を聞きながら、おなじことを考えていたのだ。

背後でうごめいている生身の人間とは、

（お絹と多恵）

この母娘《おやこ》に同情している留造とお定の前では、それを口に出しにくい。

留造は言っていた。多恵はすでに二十七歳、子供がいてもおかしくない、と。そのとおりであろう。

ならば、七、八歳の〝幽霊〟とは、

（多恵の娘……）

お絹が十二歳の多恵を中村屋から取り戻すように引き取ったとき、継母《ままはは》のお栄が放った一言は、お絹も多恵も忘れないだろう。

「――疫病神」

養女に迎えておいて、これほど強烈な一言はない。

（最後の標的はお栄か）

そのために実娘のお里を苦しめる。お栄を苦しめるのとおなじことになる。それの手始めに、

（田嶋屋の千吉郎を殺した？）

そこまでやるだろうか。

右善と竜尾の表情に刷《は》かれている疑念の色は、これに対してであった。

二人は互いに顔を見合わせ、かすかにうなずきを交わした。おなじ疑念を抱いていることを確認し合ったのだ。

午後は患家《かんか》への往診だった。

竜尾は右善を薬籠持《やくろうもち》に従え、出かけた。留造とお定は留守居である。

町内の患家はいずれも右善が見習いであることを知っており、どちらが師匠か間違うことはない。だが、右善の前身が明らかになってから、どの患家でも鄭重に迎えるようになっている。そのたびに右善は、

「おいおい、儂《わし》はただの見習いの隠居ですぞ。そんないい座布団を出してもらっちゃかえって困るわい」

などと言っていた。

徒歩《かち》で幾軒かまわり、きょうもそのような患家が一軒あった。

終わったのは案外早く、まだ陽は高かった。

「師匠、行くか」

「はい、参りましょう」

右善が言ったのへ、竜尾は応じた。

中村屋である。

頼まれているわけではないが、つい先日、重度の血瘀《けつお》を癒《いや》したばかりである。はたして歓迎された。

暖簾《のれん》をくぐったとき、店場に張りつめたものを感じたのは、気のせいばかりではない。商舗《みせ》全体が、落ち着きを失っている。

商舗はおもて通りから枝道に入った、人通りも少なく暖簾もひかえめに掛けられているが、わざわざ中村屋の店構えを見るために枝道に入って来る往来人もいる。さきほども竜尾と右善が暖簾をくぐり腰高障子を開けたとき、すぐ近くにいたおかみさん風の二人連れが、中をのぞきこもうとした。こうした状態が、きょうは朝からつづいているのだ。質草を持った、本来の客は入りにくいだろう。

それだけに竜尾と右善が店場に立つなり、帳場格子の奥にいた番頭の六兵衛が揉み手で腰を上げ、

「これはお師匠と右善さま。よくお越しいただきました」

と、下へも置かぬ迎えようで、

「先日はありがとうございました」

さらに辞を低くし、あるじの平右衛門もすぐに出て来て奥へ通された。

廊下を歩きながら平右衛門は、

「おかげさまで、ほれ、このとおり」

と、足腰の達者を示すように膝を叩き、座敷に入ると、

「実は……」

と、これまたすぐ、さらに奥へ案内された。

きのう、古参女中二人が湯屋から駈け戻り、話を聞くなりお栄とお里は卒倒し、いまなお寝込んでいて食事ものどを通らないありさまだった。母子そろって顔色は悪く、まるで生気がない。しかも二人とも一日ですっかりやつれ、お栄などは死期の近づいた老婆のようになり、お里はとても二十歳の娘には見えなかった。

問診や触診で証《しょう》を立てずとも、原因は明らかである。

緊張と鬱《うつ》である。血瘀とおなじで、ただ寝かせておくだけでは体力を消耗し、他の病を誘発することにもなりかねない。

「いけません。すぐ手当てしなければ」

「お願いします。実は、きょうにでも番頭か手代を療治処に遣《や》り、お師匠に来てもらおうと思っていたところなのです」

平右衛門は言う。

部屋を暖かくし、湯を沸かすなど、さっそく鍼療治の準備にかかった。こうした気の病にも鍼は効く。

肩の肩井《けんせい》から背中の心兪《しんゆ》など、背骨の両脇の気血に連なっている経穴《つぼ》につぎつぎと鍼で刺激を与えて行く。患者はそれによってしだいに心が鎮《しず》まる。

お栄もお里も、竜尾が来ただけですこしは救われたような表情になった。腕は先日の平右衛門の血瘀で実証済みである。

患者は二人だから、かなりの時間がかかる。

竜尾が鍼療治をしているあいだ、右善は〝多恵の幽霊〟に出会ったという女中二人を別室に呼び、そのときのようすを訊いた。

二人とも寝込んでもおかしくないほど、やつれた表情になっていた。怖ろしくて商舗から一歩も外に出られず、怯《おび》えきっている。女中二人だけではない。中村屋の奉公人すべてであり、番頭の六兵衛と手代の作之助にもそれは見られた。

「ほ、ほんとうに、生きているようでした。まるで、生身の」

「多恵ちゃんです。確かに、たしかに多恵ちゃんでした」

二人は声をそろえた。

当時を知らない若い女中が右善に、

「このお店、多恵ちゃんとかいう幽霊に、憑《と》りつかれたのでしょうか」

蒼ざめ、真剣な表情だった。

右善は応えた。

「なあに、幽霊とは怯える者のところに出るものじゃ。気を確かに持っている者には出ぬわい」

などと言っても、怯えきっている者に効果はない。

二

すっかり時間をとってしまった。

陽が落ちたところで、ちょうどこのころ合いから暗くなるまでが逢魔時《おうまがどき》である。

「魔物が出るのはこの時分」

諸人《もろびと》は言っている。

表通りも、いつもより人影に少なかった。明神下の町々に、なおも幽霊が語られているのだ。

二人の草履《ぞうり》の音が聞こえる。

竜尾がぽつりと言った。

「お栄さんもお里さんも、わたしの鍼では治せませぬ」

「ふむ」

右善は肯是《こうぜ》のうなずきを返した。

(方途は一つしかない)

二人とも、そう認識しているのだ。

〝多恵の幽霊〟の背景を探り、白日《はくじつ》の下《もと》にさらすことである。

冠木門の前まで来た。

「どうされます」

「そうだな。ちょいとまわって来るか。さきに夕飯をすましていいぞ。儂《わし》は件《くだん》のそば屋へ行ってみるから」

右善は小脇に抱えていた薬籠を竜尾に手渡した。

逢魔時にちょいと町内を一巡し、風呂屋の前から幽霊が顔をのぞかせたというそば屋に立ち寄る算段だ。

竜尾が冠木門を入ると、留造とお定が走り出て来た。竜尾たちの帰りが遅いので、中村屋に寄ったものと二人で話し合っていたのだ。

二人は庭に立ったまま言った。

「どうでした。ほんとうに出たんですかい」

「幽霊なんて、なにかの見間違いですよねえ」

竜尾はこの老夫婦に返した。

「あなたたちまで迷ってどうしますか。お栄さんとお里さんは臥《ふ》せっておいででしたが、ほんの気の病です」

二人ともホッとした表情になった。

留造はあたりを見まわし、

「えっ、右善の旦那は？」

「きのう多恵ちゃんの幽霊に間違えられた女の子が、きょうも出ないかと町内を見まわりに」

竜尾は応え、

「ほっ、そりゃあ安心ですわい。あの旦那なら捕まえて正体を明かしてくれまさあ」

留造は返し、竜尾から薬籠を受け取り、

「もう夕餉の用意はできておりますじゃ」

と、竜尾につづいて玄関に入った。

「ハアクション」

右善は大きなくしゃみをし、腰の脇差をそっとなでた。幽霊に刃物など無駄だが、もとより右善は、出ればその女童《めわらべ》を操《あやつ》っている者を、

(ふん縛《じば》ってやるぞ)

と、きのう岡っ引の藤次が帰りしな言ったように、気分はすっかり隠密廻り同心に戻っている。

湯屋の前まで来た。人通りはなく、湯屋に人の出入りもないのは、残り湯を嫌っただけではなさそうだ。

(町の者たち、そこまで信じたか)

思ったものである。

そば屋に入った。

蠟燭《ろうそく》の灯りのなかに、客はいなかった。

「あ、療治処の旦那。よう来てくだされました」

おかみさんが大きな声で迎えた。

「このとおりなんですよ」

「仕込みが余っちまいやした。旦那、いっぱい喰って行ってくだせえ」

おかみさんはガランとした店場を手で示し、亭主も板場から顔を出した。

きのうの話になると、二人いるお運びの女も震えだし、おかみさんも上ずった声になった。

「ほんとうなんです。まだすこし明るい時分でしたから、見間違いはありません。多恵ちゃんです、あれは」

「おかみさん！」

お運びの女が怯えたように言う。

顔だけのぞかせている亭主が、

「なあに、俺が家まで送って行ってやらあ」

暗くなってから帰るのが怖いのだ。言ったものの、亭主の声も上ずっている。

「あはは。儂が送って行ってやるぞ」

「えっ、ほんとですかい」

「わっ」

「嬉しい」

右善が言うと、急に亭主の声も表情も明るくなり、お運びの女たちも喜びの声を上げた。いずれも暗くなってから外を歩くのが怖いのだ。右善が用心棒についてくれるならと、おかみさんも安堵の表情になった。

聞けば、そば屋はきょう一日中、商いにならなかったのではなく、昼間はいつもと変わりがなく、逢魔時が近づくと客足がぴたりと絶えたというのだ。

腹を満たし外に出ると、外も歩くには提灯が欲しいほどとなっていた。

やはり人通りはなかった。

女二人は両脇から右善に寄り添った。

「旦那、この世に幽霊なんて、ほんとうにいるんでしょうかねえ」

「きのうのは、おかみさんもお客さんも、見間違いじゃないでしょうか」

「あはは。いると思えばいようし、いないと思えばいないだろう」

「そう、そうですよ」

と、この言葉は当事者の中村屋と違って、いくらか効き目があったようだ。

女たちの住まいは療治処に近い裏長屋で、右善は以前からこの二人を知っている。

長屋の路地まで送って行き、帰りはまた一人になった。

暗い中をもう一度町内を一巡し、いよいよ提灯がなければ歩けないほどとなり、帰途についた。

出なかった。それらしい騒ぎもなかった。

療治処の冠木門はすでに閉じられ、潜《くぐ》り戸が開いていた。

（敵も然《さ》るもの、二日続きは危ないと警戒しておるのか）

右善は思いながら身をかがめ、潜り戸をくぐった。

なにも出なかったことを竜尾と留造、お定たちに話しておかねばならない。

玄関に灯りがあった。

（おっ、きょう来たか）

右善は直感した。せがれの善之助と岡っ引の藤次である。内藤新宿での探索のようすを、成果はどうであれ、きょうかあすには一度、報《しら》せに来るだろうと思っていたのだ。

玄関に入ると奥からお定が出て来て、来客はやはり善之助と藤次だった。

お絹と多恵の顔は、留造とお定が一番よく知っている。善之助と藤次が来ると、竜尾は気を利かせ、右善の離れで待たせるのではなく、母屋の座敷に上げていた。

話も進めていた。留造とお定に最も話しにくい話……お絹と多恵が生きていて、昔の報復をしようとしている……かもしれないことは、すでに竜尾が話していた。愛宕権現社の話は、どうやら事故ではなく〝殺し〟のにおいがするため、竜尾も善之助たちもあえて話題にはしなかった。それもなにがしかの関連があるかもしれないと話せば、それこそ留造もお定も、幽霊とは違った意味で蒼ざめるだろう。

部屋に入るなり藤次が、

「大旦那、申しわけありやせん。なにしろ十五年も前《めえ》の話でやすから」

「いま留造とお定に聞きましたが、引っ越した当初から、行き先は判らなかったそうですねえ」

と、善之助も言った。

「ふむ」

右善はうなずきながら座につき、

「無理からぬことじゃ。で、竜尾どの、この町のようすは話したかい」

「へえ、もう幽霊の話で持ちきりだってことも」

と、竜尾より留造のほうが応えた。

この分なら、多恵の七、八歳のころの幽霊で、中村屋がすっかり怯えきっていることも竜尾が話したことであろう。

竜尾は右善の顔色を読んだか、わずかにうなずいた。

(勝手に話して申しわけありません)

と、言っているようでもあった。

右善はうなずき、

「さっき町内を一巡して来てなあ」

と、それらしき影も形もなかったことを話した。

すると善之助も、

「なるほど、敵も然るものですなあ」

やはり父子《おやこ》か、さっき右善が思ったのとおなじことを舌頭《ぜっとう》に乗せ、藤次もうなずいた。今宵ここに顔をそろえている面々のあいだでは、

（幽霊の背後には、生身の人間がいる）

ことがすでに共通の認識となっている。

右善が言った。

「その生身の人間よ、きょうの町のようすをどこかで見て、ほくそ笑んでいやがるだろう。お栄を、さらにお里も、中村屋をまとめて苦しめてやろうとしているのなら、その目的はかなり達成されたはずだ」

「それじゃ、もう幽霊のまね事はしねえ」

と、留造。

「いいや。これだけじゃ収まるまい。お栄かお里が首でも括《くく》るまでつづけるだろう」

「そんなこと、あるものですかね」

お定が真剣な顔で言った。

右善は語った。

「つまりだ、すこし間を置き、ほとぼりが冷めたころに、また幽霊をくり出すだろう。それに中村屋の評判を落とそうと、商舗に難題を吹っかけて悪評が立つようなことも考えるだろう」

「ありやした、この前《めえ》。お手代さんがここへ飛びこんで来なすって、浪人が刀を振りまわしているとかで」

と、また留造。

「うむ。あれはそのようには見えなんだが、似たようなことをやるかもしれねえ。また作之助が冠木門を飛びこんで来りゃあ、儂が質屋の用心棒みてえに駈けつけ、とっ捕まえて吟味してやろうじゃないか」

竜尾がかたわらでうなずいている。

「さて、これからの策だが」

右善はつづけた。

「おめえらのことだ、内藤新宿は総浚《そうざら》えしたことだろう」

「おまえたちがまわって何もなかったのじゃ、もう手掛かりは得られんじゃろ。新宿を洗えなどと言ってすまなかった」

「いえ」

善之助が返し、つぎの言葉を待つように、右善を見つめた。

右善は応えた。

「七、八歳の女童が一緒だ。この明神下から日暮れてでも連れて帰れる範囲に巣くっていやがるはずだ。それがお絹と多恵かもしれねえ」

「なるほど」

藤次がうなずいた。

「これ以上、罪つくりなことをさせちゃならねえ」

右善の言葉に留造が、

「わしと定《さだ》で找《さが》しやしょう。お師匠、いいですかい」

と、竜尾に視線を向けた。

お定はその気になってうなずき、竜尾は言った。

「へえ、まあ」

と、藤次。

「いまでも顔はわかりますね」

「ならねえ!」

右善の強い口調がそれをさえぎった。

一同は解《げ》せぬ表情で、ふたたび右善に視線を集中させた。

右善はそれらの視線に返した。

「もし、まっこと、それがお絹と多恵だったなら、向こうがさきに留造とお定に気づき、逃げられちまうぜ。それよりも、三八駕籠だ。留造、悪いがいますぐ権三と助八をここへ呼んでくれ。一杯《いっぺえ》出すと言やあ、すっ飛んでくるだろう」

一同は得心の表情になった。駕籠舁き仲間の連絡網が江戸中に張りめぐらされているのは、岡っ引の藤次も認めるところである。

だが留造は、

「えっ、いまからわし一人でですかい。外はもう……」

などと言う。幽霊を否定しても、うわさの只中《ただなか》である。やはり恐怖心はあるのだろう。

「留造さん、俺が一緒に行ってやらあ。もし出てくれりゃあ勿怪《もっけ》のさいわいでえ」

藤次が言いながら腰を上げ、

「へへん、右善の大旦那。ますます隠密廻りに戻ってくれやしたね」

と、嬉しそうに部屋を出ると、留造は急ぎ提灯に火を入れ、あとにつづいた。

竜尾がお定に、

「さあ、お酒の用意を」

「はい」

お定は手燭《てしょく》を手に台所に入った。

座は療治処の母屋の中だが、こうしたことになれば俄然《がぜん》、右善が中心となる。

「父上、最後までやりなさるか」

「むろんじゃ。救える者は、救ってやりたいでのう」

善之助が言ったのへ右善は返した。

そのような右善を、竜尾は行灯《あんどん》の灯りのなかで凝《じ》っと見つめていた。

武家娘の仇討ち助《すけ》っ人《と》のとき、見事な剣さばきを見せる右善の横で、竜尾もまたひるまず脇差を振るい、武家娘の背を押したのだった。

そのとき右善は、

（――この師匠、前身は武家の娘？　それがなぜ、鍼医《はりい》に）

思ったものだった。

三

早かった。

もう周囲は寝静まっているというのに、不意に玄関口が賑《にぎ》やかになった。

「へへん。善之助さまと藤次の兄イが来てなすって、右善の旦那も一緒たあ」

「あ、ほんとだ。草履がそろってらあ」

権三と助八の声だ。

「へへ、またこの顔ぶれがそろいやしたね。こんどはなんですかい。かわいらしい幽霊が出たって、あの件ですかい」

「中村屋さんが大変《てえへん》なことになっているっての、聞いておりまさあ。もっとも、あっしらは質に入れるものもありやせんがね」

と、二人は呼ばれたのが嬉しくってしようがないといったようすで、深刻に打ち沈んでいる部屋にあぐらを組んだ。

さらに、

「おっ、こいつはたまんねえ」

と、ようやくできた熱燗《あっかん》をお定が盆に載せて部屋に入って来たのへ、権三が声を上げた。中村屋の婿《むこ》取りが二度もながれた話は権三と助八も知っている。つい先日、平右衛門の不調を竜尾の療治処へ報《しら》せたのはこの二人なのだ。だが、それの発端と言うべきか、お栄の継子《ままこ》いじめまでは知らず、お絹と多恵の存在も知らなければ、むろん顔も知らない。

「ふふふ、おめえら、頼りにしておるぞ」

右善が二人の雰囲気に呑まれたように普段の口調で言い、

「実はなあ……」

と、まじめな顔に戻ってこれまでの経緯を話すと、二人とも徐々に深刻な表情になり、聞き終わると前棒の権三が、

「それじゃお里お嬢も可哀相だし、女童の幽霊が本物か仕組まれたものかは知らねえが、そっちにも味方してやりてえですぜ。なあ、八よ」

「そう、あっしもそう思いまさあ」

後棒の助八もうなずき、

「で、お師匠も旦那方も、これをどうしようと?」

問いを入れた。

右善は二人に言った。

「幽霊が仕組まれたものなら、これ以上、悪戯《わるさ》を重ねさせちゃいけねえと思うてな」

と、これには竜尾のうしろのほうに座を取っている留造とお定が、あらためてうなずいていた。もちろん、権三と助八もうなずいた。

「そこでだ」

右善は二人にあらためて視線を向けた。役務の割り当てである。

お絹と多恵と七、八歳の女の子の探索である。

「多恵ちゃんはもう二十七歳じゃや。綺麗な娘さんじゃったから、いまもそうじゃろ」

留造が言ったのへ権三が、

「綺麗だけじゃわかんねえぜ。狐《きつね》と狸《たぬき》に分けたらどっちになりやす」

「まあっ」

と、この大ざっぱな分け方には竜尾が口に手をあてて笑い、すぐ真剣な顔に戻り、ふり向くように留造へ顔を向け、

「どちらですか」

質《ただ》した。

「えーと、あの顔なら……」

「狸のほうです。どちらかといえば」

お定が応えた。これで找《さが》すのは半分に絞られる。なるほど竜尾が面長な美形であるのに対し、お絹も多恵も丸みがあって目のくりくりとした愛らしさがあった。

「そんなら、七、八歳の幽霊も狸？」

「そういうことになるな」

助八が確認するように言い、右善が返した。

それらしい母子三代を、この神田明神下からそう遠くない範囲を重点的に找し、見つかれば留造かお定が三八駕籠に乗って、

「確認に行ってくれ。あとは儂と善之助と藤次に任せてもらいたい」

右善がこの場を締めくくるように言った。

役割の決まったところで、助八がぬる燗になっていた盃の酒をぐいとあおり、

「なんでやすねえ、平右衛門旦那が血瘀とやらを起こしなすったとき、室町の田嶋屋さんからの帰《けえ》りでござんしたが、お里お嬢が憐れでさあ。田嶋屋の若旦那、愛宕権現のあの長い石段の上から足を踏み外すたあ。あっ、ひょっとしたら、あれもなにかの祟り」

言ったのへすかさず藤次が、

「ああ、あれも一応、聞き込みを入れたが、まあ気の毒なことだった」

「そう、奉行所の支配違いのことだしなあ」

善之助がまじめな顔でつなぎ、愛宕権現社の石段の話は、この場の話題からは外れた。助八がそれを話し出したとき右善はハッとしたが、藤次の言葉でホッと息をつくことができた。この場で最も触れたくない話題であり、お絹と多恵の係り合いが否定できない〝事件〟でもあるのだ。だが、七、八歳の幽霊の背後を解明することは、それの解明にもつながるのだ。そこを思えば、療治処の雰囲気はいっそう打ち沈んだものにならざるを得ない。

権三と助八は駕籠の担ぎ棒に提げる小田原提灯を手に上機嫌で帰り、善之助と藤次は奉行所の御用提灯を用意していた。筋違御門の橋番所の前を通るとき、この提灯が必要なのだ。

お定は部屋に残ってあとかたづけをし、留造がぶら提灯を手に外まで出て善之助たちを見送り、玄関前では手燭を持った竜尾が、右善にそっと言った。

「お縄をかけるようなことには」

もしも愛宕権現社での千吉郎の死に、多恵たちが係り合っていたときの話である。

右善は低声《こごえ》で言った。

「さいわい、奉行所の支配違いだからなあ」

〝さいわい〟と言ったのは、おもてにしなければ、なんとか切り抜けられるという意味だ。

留造が戻って来た。

「さあ、儂も離れに戻るぞ」

と、右善は離れに戻ったが、夜具にもぐりこんでからも、

（もしも……）

が、脳裡を去らず、容易に眠れなかった。

竜尾もおなじだった。

だがそれを、留造やお定と話題にすることはできない。

四

翌日から、一番忙しくなるのは三八駕籠の権三と助八だった。

午前中は足腰の弱い患者の送り迎えをし、午後からは町で拾った客を乗せて明神下を中心にあちこちを走り、愛らしい狸顔の女人《にょにん》を找さなければならない。町場の往還

を走りながら、やみくもにきょろきょろするのではない。人捜《ひとさが》しをするなら、駕籠舁きにはある手段があった。

一方、右善はしばらくのあいだ、三八駕籠の成果を待ちながら、中村屋に無理難題を押しつける輩がいたなら、すぐ駈けつける準備をしている。そこから〝敵〟の一端が見えるかもしれないのだ。

午後の往診には、中村屋もその予定に入っている。お栄とお里が、まだ寝込んでいるのだ。幽霊のうわさは、いまも生々しく飛び交っている。

午前《ひるまえ》であった。権三と助八は足腰の弱っている婆さんを乗せ、明神坂を上った。上れば神田明神の境内が広がっている。患者はその手前の豆腐屋の女隠居だった。療治処には常連の一人だ。

明神坂を上れば、療治処に待っている患者がいないときは境内の茶店でひと休みし、そのまま客待ちするのが慣《なら》わしになっていた。ここで客待ちをしていると、酒手をはずんでくれる参詣帰りの客にありつけることがよくあるのだ。この日、療治処の送迎は豆腐屋の婆さんが最後だった。

「おう、八よ。ここでひと休みして、それからあの仕事にあたろうかい」

「そうするか」

帰りの空駕籠を担いだままふり向いて言った権三へ助八は返し、駕籠尻を茶店の脇につけた。あの仕事とはもちろん、あの人找しである。茶店の脇にはあと二挺、駕籠が停まっており、人足はいなかった。いても客の奪い合いにはならない。みんな顔見知りの同業で、待っている順番に客を乗せている。取り決めがあるわけではないが、それが同業の仁義なのだ。

茶店のすぐ近くに人囲《ひとがこ》いができていた。ときおり歓声が聞こえて来る。そこに同業の二組の背が見えた。また歓声が上がった。なにやら楽しそうだ。茶汲み女に訊くと、猿回しだった。

「行ってみようか」

「おう、そうしよう」

と、二人はその人囲いに加わり、

「ご免やっしゃ」

「へい、ご免」

と、同業二組のあいだをかき分け、一番前に出た。

「なんでえ、権《ごん》と八《はち》じゃねえか。そんな前に出ると、客が来ても呼んでやんねえぞ」

声がかかったのへ、

「へん。おめえらの順番、狂わせねえように前へ出てやってんだ」

権三が返し、二人は地べたに座りこんだ。

赤いちゃんちゃんこを着けた猿が一匹、竹馬に乗り親方のかけ声と太鼓の音に合わせ、右に左にとうまく竹馬を操っている。よく見ると竹に足を乗せる桟木《さんぎ》がない。ただの竹の二本の棒である。それだけでも観客から感心の声が洩れる。

「ほう、なるほど」

「人間にはできねえ」

権三も助八も声に出した。

ひときわ太鼓の音が大きくなり、親方のかけ声とともに猿は二本の竹の棒につかまったまま、くるりと一回転した。歓声はこのときで、盛んに投げ銭が飛ぶ。

権三と助八も歓声を上げると同時に、投げ銭まではしなかったが、代わりに、

「おっ」

「野郎」

権三が低い声を上げ、助八もそれを慥《しか》と見た。

その光景は、権三と助八が地べたに座りこんでいるところから、猿が一回転しふた

たび二本の竹の棒でうまく立った地点との一直線上の向かい側だった。少しでも角度がずれていたなら、まわりの見物衆と一緒に歓声を上げるだけだっただろう。

地べたに座りこんだとき、二人ともほぼ向かい側に五十がらみの恰幅《かっぷく》のいい武士が立ち、その横に遊び人風の若い男が肩を寄せるように立っているのを目にした。もっとも見物人たちは、武士も町人も男も女も肩を寄せ合うように立っている。それだけ猿回しの評判がいいのだろう。このとき、恰幅のいい武士に随《したが》っている挟箱持《はさみばこもち》の中間《ちゅうげん》が、人囲いのうしろのほうから背伸びをするように猿回しをのぞきこんでいるのも目に入った。

歓声が上がったとき、人の輪は揺れる。権三と助八が見たのはその瞬間だった。

なんと遊び人風の男が恰幅のいい武士の腰から、なんとも素早く差添《さしぞえ》の小刀《ちいさがたな》を抜き取ったではないか。遊び人風は小刀を抱えこみ、するりと人囲いのうしろへ下がり、見えなくなった。恰幅のいい武士はまったく気づいていない。大刀はそのまま腰に残っているのだ。

「おい、八。見たか」

「見た」

と、二人はうなずきをかわすとともに腰を上げ、歓声と投げ銭のつづくなかを、

「ご免やっしゃ」

「へい、ご免なすって」

人囲いをかき分け、輪の外に出た。まるで投げ銭を、嫌がって逃げているように見える。見栄《みえ》などかまってはおられない。

あたりを見まわした。

挟箱を担いだ中間が、まだ背伸びをするように人囲いの中をのぞきこんでいる。遊び人風の男が小刀を抱えこみ、人囲いから出たのもまったく気づいていない。

そこから十数歩ばかり離れたところに、若い武士が二人、立っている。遊び人風の男はその二人に近づき、片方に小刀を渡すとその若侍はこれまた素早く腰に差した。その若い侍の腰の物は、それで大小がそろったことになる。最初から大刀しか帯びていなかったのだ。

若い武士二人は参詣人の行き交うなかを、悠然と明神坂のほうへ歩きはじめ、遊び人風はそのうしろに腰をかがめるように随った。大小を帯びた二人の若い武士が、町人一人を従え、神田明神に参詣した帰りのように見える。そこになんの不自然さもない。

三人は坂を下りはじめた。

「どうする」

「うむむ」

権三は言い、助八はうなった。

いま若い武士二人に声をかけたならどうなる。二人とも腰に大小がそろっている。

余計に一本持っているのではない。

同心や岡っ引でも、掏摸《すり》を押さえるには、現場を押さえる以外にない。その機会はすでに過ぎている。

『無礼者！　武士を泥棒呼ばわりするか！』

と、怒鳴られ、蹴り倒されるだけではすまないだろう。どんな災厄がかかって来るか知れたものではない。無礼打ちにされても文句は言えないだろう。

「むむむむ」

権三は地団駄《じだんだ》を踏み、助八が、

「ともかくだ、やつらのあと尾《つ》けよう。それから右善の旦那に」

「よし、わかった」

権三は返し、二人そろって坂を下りようとした。

「あっ」

「いけねえ」

二人は同時に気づいた。駕籠を茶店の脇に置いたままなのだ。

「急ごう」

「おう」

二人は茶店に取って返した。猿回しの人囲いに騒ぎは起きていない。恰幅のいい武士はまだ小刀の抜き取られたことに気づいていないのだ。

茶店の前に駈けつけると、さきほどの二組の同業はもう戻っており、しかも客が駕籠の中だった。なんと三八駕籠にも客が乗っているではないか。

同業の一人が言った。

「やい、三八。いつまで見てやがんだ。猿の宙返りなんざ、一回見りゃあじゅうぶんだろが。お客を待たせるたあ、とんでもねえ野郎だ」

「へい、すいやせん。こいつら、こういうやつらなんで」

もう一人が駕籠の中の客にあやまり、

「さあ、早く棒に入《へえ》らねえか」

担ぎ棒である。

「内神田だ」

もう一人が言う。家族連れで神田明神にお参りをし、その帰りと思われる。ご新造に若い娘、三八駕籠には一番重そうな亭主らしき男が乗っている。いないうちに、そう割りふられたようだ。

同業たちは三人の客を駕籠に乗せ、権三と助八が戻って来るのをいらいらしながら待っていたのだ。

「へ、へい」

「ただいま」

二人はこのながれのなかでは、担ぎ棒に入らざるを得ない。

「お待たせいたしやした。参《めえ》りやす」

「早くお願いしますよ」

権三が言うと、駕籠に乗っていた旦那が丁寧な口調で言った。家族そろって品のいい客だ。

「あらよっ」

三挺の駕籠尻が一斉に地を離れた。

六人のかけ声とともに駕籠は動き出した。

明神坂は急で、担ぎ手が前後になって下りることができない。横になって蟹《かに》のように歩かないと、駕籠の均衡が保てないのだ。さっき豆腐屋の婆さんを乗せて上ったときもそうした。それでなければ、客がころげ落ちてしまう。

三挺の駕籠が横になってゆっくりと坂を下りる。このときも互いに声をかけ合う。

「へいっほ」

「えっほ」

権三と助八もかけ合いながら、あたりをきょろきょろと見まわした。

もう、若い武士二人と遊び人風は、坂のどこにも見えなかった。

五

筋違御門の橋を渡り、神田の大通りに入った。

客は日本橋の手前の室町で、金物問屋の夫婦とその娘だった。質屋の田嶋屋の近くだった。

金物問屋の前で、三挺は空駕籠になった。駄賃は重い軽いにかかわらず、三挺ともおなじである。遅れをとったのだから文句は言えない。

それよりも、権三と助八はさっきの掏摸《すり》の追跡はすっかりあきらめている。

「おい、三八。おめえらのおかげで、お客が歩いて帰《けえ》ってしまわねえかとはらはらしたぜ」

「さあ、これからおめえらはどうする。俺たちゃあ日本橋のたもとで客待ちと洒落《しやれ》こまあ」

同業が言い、権三が返した。

「なに言ってやがる。ほんのひと呼吸かふた呼吸、遅れただけじゃねえか。俺たちゃあ、これから昼めしと洒落こまあ」

助八もうなずいている。

同業がまた言う。

「いい気なもんだぜ、おめえたちゃあ。あの療治処の贔屓《ひいき》にされてると思やあ、まったく優雅なもんだぜ」

「てやんでえ。こちとらあ年寄りの患者のため、駕籠で送り迎えしてんでえ」

と、お仲間二挺とその場で別れ、向かった先は神田の大通りから枝道に入り、さらに狭い角を由がった、日本橋に近いとはいえ辺鄙《へんぴ》な裏手の一膳飯屋だった。

往還にまで縁台が出ており、めし時には駕籠舁き人足が幾組もたむろし、そうでない時間帯でも幾人かが茶を飲んでいる。商家などで不意に駕籠が必要となったときなど、往来に出て找すよりも、奉公人をそこへ走らせれば必ず空駕籠が見つけられる。駕籠舁き人足のたまり場だが、そうした一膳飯屋が江戸の町場のあちこちに存在する。

そこへ権三と助八は駕籠尻をつけたのだ。

「おう、明神下の三八じゃねえか」

「ほんとだ。ちょうどよかったぜ。いま話してたところだ」

同業たちから即座に声がかかり、縁台に陣取るまえから視線を集めた。

「おう、ここ空いてるぜ」

と、手招きする者もいる。

同業たちは権三と助八が、明神下にねぐらを置いていることを知っている。いまもそれを話していたようだ。

「で、どうなんでえ。ほんとに出たのかい、これよ」

と、両手を前に出して手首をだらりと下げる者もいる。

権三が威勢よく応えた。

「出やがった、出やがった、出やがったぜ」

「おっ、やっぱりほんとだったのかい。女の幽霊だっていうじゃねえか」

「若《わけ》えいい女なら、俺も行って拝んでみてえぜ」

「俺は年増《としま》がいいぜ」

脇から声が飛んだのへ助八が返した。

「ああ。七つか八つの女の子だ」

「なにい、馬鹿野郎。それじゃ若すぎらあ」

「それで俺たちに文句を言われても困るぜ」

権三が返し、

「それよりもよ、どういうか、そのくれえの女の子がいて、歳は二十七、八か、狸顔で色気があって、婆さんも一緒でよ、ひょっとすると亭主がいるかもしれねえ。そんな家族をおめえら知らねえか」

これが目的だった。駕籠舁き仲間のたまり場だけに、うわさの範囲は広く、その量も速さも裏長屋の井戸端会議の比ではない。現にいま、内神田でも外神田のうわさで持ちきりなのだ。この分では東は川向うの本所《ほんじょ》、西は芝《しば》から高輪《たかなわ》あたりまで広がっているかもしれない。広がっていなくても、いま権三と助八から話を聞いた同業が客をそのあたりに乗せて行き、こうしたたまり場で一服つければ、それで神田明神下の女童の幽霊は、さらに広い範囲の人々の口にのぼることになる。

それを逆手に取ろうというのだ。

だが、

「なに言ってんでえ、権も八もよ。二十七、八の年増に七、八歳の娘がいて、婆さんと亭主がいるってえ、そんな一家ならどこにでもころがってらあ」

「ついでに爺さんもいたりしてよ」

と、返って来る。

一つの家族を找すのに、材料が大ざっぱすぎる。

右善から、お絹と多恵の名は出すなと言われている。対手に探索されていることを覚《さと》られないためである。中村屋の名もできるだけひかえろと言われている。中村屋のことをおもんぱかってのことだ。

同業の者が言う。

「幽霊は質屋への恨みだろが。それで七つか八つの女の子がこれだってんだろ」

と、縁台に座ったまままさっきの同業のように幽霊の手つきをし、

「その女の子のいる家族を找している？　生きているのかい」

と、話がややこしくなる。

だがまた言う者もいる。

「おもしれえ。幽霊の女の子がいる家族かい。質屋に恨みを持ってよう。あちこちで

あたってみようじゃねえか。案外、いるかもしれねえぜ」

「そう、きっといるはずなんだ」

「生きた幽霊がよう」

権三も助八も真剣な顔で言う。

このあと二人は、両国や京橋《きょうばし》、浜松町《はままつちょう》など、客を運んだささきで同業のたまり場に立ち寄った。内神田ほどではないにしろ、〝明神下の幽霊〟は広まっていた。話せばやはり二人は地元の人間ということで、

「ほっ。それでおめえらも見たのかい」

「いや。見ちゃいねえが、見たってえ人から聞いたぜ」

と、話題の中心になる。

そこで人找しの話を切り出す。
七、八歳の生身の女の子と幽霊が重なり、ややこしい話になるが、
「なんなんでえ。幽霊が生身の女の子で、その女の子が恨みの質屋に現れ、それをおめえら找しているのかい」

「おもしれえ。あたってみるぜ」

と、かえって興味を持つ同業もいた。

決してからかった口調ではない。女童の幽霊はほかからも聞き、権三と助八の話で現実味を帯びて来たのだ。

それらの同業がまた他所《よそ》で話し、やがてそれらしい組合せの家族が浮かび上がって来るかもしれない。

陽が西の空にかたむきかけたころ、二人はまた内神田に入っていた。さいわい筋違御門の橋を渡って外神田へ帰る客がおり、ちょうどいい戻り駕籠になった。

客を降ろすと、

「おい。あの話、右善の旦那に話さなきゃなんねえぜ」

「おう、それそれ。俺もずーっと気になっていたのよ」

権三が言ったのへ助八が返した。

そのあとすぐ客がついて尾けられなかったじゃ、自任している岡っ引の役に立たない。助八が、

「せめてあのあとのようすをよ」

と言い、二人は駕籠を長屋に置き、明神坂を上った。参詣帰りの客がぞろぞろと下りて来る。

上りきると、茶店に昼間三挺一緒になった一挺が客待ちをしていた。猿回しはもう

いない。

「なんでえ、おめえら。駕籠はどうしたい」

「いや。ちょいとな」

と、二人は茶店に入り、茶汲み女に訊いた。三挺の駕籠が出たあと、猿回しのところで騒ぎがなかったかどうかである。茶汲み女は怪訝な表情になり、

「あのお猿さん、あのあともしばらくいたけど、歓声はあっても、騒ぎなどありませんでしたよ。どうして」

逆に訊かれたので、

「いや、なんでもねえ。なけりゃそれでいいんだ」

と、茶店を出た。

お仲間の駕籠にちょうど客がついたところだった。

坂を下りた。

「あのお武家、刀を抜き取られたのも気づかねえまま帰《けえ》ったのかなあ。中間もまったく気づいていねえようだったからなあ」

「だとしたら、かなり頓馬《とんま》なお武家《ぶけ》だぜ。見かけは貫禄あったがよ。屋敷に戻って気がついたときの面《つら》が見てみてえや。気の毒によう」

言っているうちに、もう療治処に着いた。まだ陽は落ちていない。

待合部屋も療治部屋も障子が閉まっている。

声をかけると、療治部屋の障子が開き、右善が竜尾の指南で自分の腕に鍼を打っていた。

（いけねえ）

権三も助八も上がるのを躊躇《ちゅうちょ》した。どおりで留造もお定もそこにいないはずだ。

ちかごろ右善から、

「――実習だ、打たせろ」

と、よく言われるのだ。そのたびに二人はうまく逃げていた。

右善が鍼を打つ手を止め、

「おう、待っていたぞ。上がれ」

と、鍼を脇に置いたので、二人は安心して縁側に上がり、部屋に入った。

もし、小刀を抜き取った三人組の若侍と町人を尾け、どこの誰かを見定めていたなら、庭から部屋に飛びこみ、まっさきに話していただろう。

竜尾と右善は、予定どおりきょうも中村屋に往診していた。

竜尾が言った。

「お栄さんもお里ちゃんも、もう憔悴《しょうすい》しきって、症状はきのうより深まっていました。気を鎮める鍼を打っておいたのですが、どこまで効きますことやら」

「声をかけられたという女中二人ものう、すっかり怯えてしまい、まだおもてどころか、庭にも出られない始末で、ずっと屋内にいるそうだ。しかも一人になるのが怖く、常に二人で肩を寄せ合っておる。あれじゃ仕事にもなるまいに」

と、右善がつづけた。

さらに竜尾は、

「鍼灸医のわたしがかようなことを言うのもおかしいのですが、お栄さんもお里ちゃんも、鍼や薬湯では治りません。治す方途は一つ、多恵ちゃんとやらの幽霊の背後を明らかにすることだけです」

権三と助八への期待の言葉である。

そこで右善がつないだ。

「で、どうだった。二十七、八の狸顔の愛らしい女と七、八歳の娘の手掛かりは。実はなあ、きょうまたあの女中二人に訊いたのだ。きのうは歯も合わず、まともにしゃべれる状態ではなかったからなあ。やはりその娘、狸顔で愛くるしい感じだった、と。だから多恵ちゃんに間違いない、と。さあ、おまえたちの成果は」

「旦那ア、まだきょうは一日目ですぜ」

「あちこちで種は蒔《ま》いておきやした。そのうち引っかかりまさあ。それよりも……」

権三が言ったのへ助八がつなぎ、ようやく猿回しの件に入った。

「おう、それそれ」

と、権三も割って入り、さきを急ごうと話の内容が前後するのを助八がうまくまとめた。

猿の宙返りに竜尾は、

「まあ、わたしも見たかった」

と、ほおをゆるめたが、話の進むにつれて表情が険《けわ》しくなり、五十がらみの恰幅のいい武士が小刀を抜き取られても気づかなかったことに、

「まあ、なんと間《ま》の抜けたおさむらい」

と、抜き取った町人よりも武士のほうを非難した。

それが竜尾の反応だった。

武家なら誰でも、掏摸《すり》より掏《す》られたほうを非難するだろう。

(竜尾どの、まるで武家のようなことを言う)

右善は思いながら、自身は武士でもやはり町方の人間である。

「その遊び人の男、相当な熟練のようだなあ」

竜尾のあとにつづけた。

「へえ、そのようで。ともかくそういうわけで、面目もござんせん」

と、助八が尾行できなかったことを話すと、右善は険しいというよりも、視線を空に泳がせ、考えこむ風情になった。

だがすぐに二人を交互に見つめ、

「おまえたち、もう一度その五十がらみの武士と掏摸の町人、一緒だった若侍二人を見ればわかるか」

「へえ、そりゃあもう」

権三が言い、助八もうなずいた。

右善はさらに、

「おまえたちの仕事が増えたぞ」

「その連中を找すのでやすね」

と、助八。

「そうだ。ただし無理はするな。きょうみてえに客が駕籠に乗ったんじゃ尾行などできめえ」

「へえ」

と、権三。

「見かけたら、いつ、どこで、連れはいたかだけを儂に知らせるだけでいい。それから……」

右善はつづけた。

「まだ陽は沈んでおらん。これからおめえら、北町奉行所に走り、善之助に火急の用じゃと告げ、すぐここへ来るように言ってくれ。火急の内容を訊かれたら、さっきの猿回しの話をしてやれ」

「えっ、いまからですかい」

「そうだ」

二人は尾行できなかった負い目がある。すぐに腰を上げ、療治部屋を出た。縁側から庭に跳び下りようとするのを右善は呼び止め、

「おまえたち、きょうは大手柄だったぞ」

「へえ」

威勢よく返し、二人の背は冠木門の外に消えた。

竜尾がいくらかあきれた表情になり、

「右善どの、これから奉行所へなどと、人使いが荒《あろ》うございませんか」

「荒い。だがな、気になるのだ。遊び人風の町人が手練《てだ》れの掏摸《すり》なら、動作も素早いはずだ。愛宕権現の石段が気になる。田嶋屋の千吉郎の背を突いたのは男だ。手練れの掏摸なら、人の財布はむろん、人の目を盗むのも素早いはずだ」

「えっ、その掏摸が千吉郎さんを！」

「まだ判らぬ。だが、におう」

言うと右善は台所のほうへ大きな声を投げて留造を呼び、

「これから中村屋に走り、番頭の六兵衛にすぐここへ来るよう言ってくれ」

「へ、へえ」

いつになく口早に言う右善に釣られたか、留造はその場から玄関にまわり、急ぐように冠木門を出た。

昼間は竜尾が師匠で右善は弟子で薬籠持だが、いま采配は右善に移っている。

中村屋へ往診に言ったとき、竜尾がお栄とお里に鍼を打っているあいだ、右善は別室で女中二人だけでなく、亭主の平右衛門、番頭の六兵衛とも話していた。

幽霊は、お絹と多恵がこの近くに生きていて、

「──報復のために仕組んだのかもしれぬ」

右善は言ったのだ。

平右衛門も六兵衛も、漠然とだがそれを予測していた。だが、右善に言われると、表情は本物の幽霊に出会うよりも蒼ざめた。

平右衛門は質《ただ》した。

「──幽霊に扮していた女童は」

「──あるいは、多恵の子かもしれぬ」

右善の応えに、平右衛門はさらに蒼ざめた。妾腹《しょうふく》とはいえ、多恵は実の娘であり、ならばその娘は、実の孫ということになるではないか。

そこまで具体的に考えれば、やはりこの二人には気になるものがある。婿養子に迎えようとしていた、田嶋屋の千吉郎の〝事故死〟である。〝祟り〟のうわさが気になり、幽霊の話でさらに疑念が湧いてきていたのだ。

平右衛門は質《ただ》すこともできず、六兵衛が代わって訊いた。

「──ならば、あの愛宕権現も……」

「──わからぬ」

右善は応えた。

だが、否定はしなかった。

中村屋の二人は、さらに困惑の表情になった。

それが現在《いま》の中村屋の雰囲気である。

留造が戻って来るのを待つあいだ、右善は竜尾に、中村屋でそのようなやりとりのあったことを話した。竜尾もまた、深い困惑の表情になった。

閉めていた障子が、不意に朱色の強い明かりを失った。陽が沈んだのだ。

今宵も療治処は大事な客を迎え、昨夜以上の長い夜になりそうだ。

六

外に足音だ。

（ん？）

留造一人ではない。

右善は立って障子を開けた。帰る留造に、そのままついて来たようだ。しかも亭主の平右衛門も一緒だった。昼間のやりとりが、ことさら気になっているのだろう。二人とも、右善のお呼びと聞き、愛宕権現の話に、なにか進展があったと思ったのかもしれない。蒼ざめた表情に、緊張の色を刷《は》いている。

「あ、旦那さま、番頭さん、こちらへ」

留造が腰を折り、玄関口を手で示したのへ平右衛門は、

「よいよい。右善の旦那はこちらにいなさる。師匠もおいでのようで、私らは病《やまい》の身ですから」

と、縁側のほうへ向かい、

「そのとおりです」

と、六兵衛もつづいた。

「さあ、お上がりくだされ。わたくしも同座してよろしいのなら」

竜尾も縁側に出て、平右衛門と六兵衛を迎えた。

平右衛門が言って六兵衛が肯是《こうぜ》したように、二人とも病なのだ。それも、お栄やお里とおなじ気の病である。ただ、商いを経理《きりもり》しなければならない責任感から、寝込んでいないだけである。

奥の座敷や居間より、

（療治部屋のほうが話しやすい）

竜尾はとっさに判断したのだろう。

四人がそろった。

さすがに商人か、二人とも端座である。それに六兵衛は几帳面で、外はまだ明るいのに折りたたんだ提灯を持参していた。

部屋に残っている灸の香が、平右衛門と六兵衛に幾許《いくばく》かの安堵感を与えているのか、昼間の引きつった表情は消えている。だが蒼ざめた色に変わりはない。まるで証《しょう》を立てられ、深刻な病名の宣告を待つような顔色である。

お定が盆に茶を載せて来てすぐ退散した。

「さ、療治部屋で飲むお茶は、薬湯にもなりますぞ」

病は気からということか、竜尾の言ったのが二人の緊張をほぐしたようだ。平右衛門が口を茶で湿らせ、言った。

「愛宕権現社のこと、なにか判りましたか」

療治部屋であるのに、視線は右善に向いている。

右善はあぐら居の背筋を伸ばした。

「祟りも祟り。それも生身の人間の手でなあ」

「うっ」

瞬時、平右衛門の表情に恐怖に似た緊張が走った。

(おっと、まずい言い方をしてしもうた)

右善は感じ取った。岡っ引の藤次が言った、得体の知れない男が千吉郎の背を突いたことは、中村屋にまだ話していないのだ。事件と断定するまえに話すことではない、と右善は思っている。

言い変えた。

「女が若い男を突き飛ばし、さっと身を隠すなど、できることではない」

平右衛門の表情に、安堵の色が走った。恐れていた、

（まさか、お絹か多恵が……）

それを打ち消す言葉である。

六兵衛の表情も、安堵を見せた。

右善は湯飲みを口に運び、番頭の六兵衛に視線を向けた。

「ほれ、先日あったろう。刀の質入れでごねようとした浪人」

「ああ、あれ。あの節は」

六兵衛は謝意を示すようにうなずき、

「実はなあ」

と、右善はきょうあった猿回しの一件を詳しく話した。もちろん、権三と助八の手柄であることも説明した。それを中村屋に話しておきたかったのだ。

縁側に面した障子が明るさを失い、お定が火を入れた行灯を持って来た。

右善はつづけた。

「その熟練の掏摸《すり》だが、商舗《みせ》に顔を出さなかったか。それが中村屋の倉に置かれたなら、後日、盗品を扱う窩主買《けいずかい》の罪を着せる格好の材料になるゆえ」

六兵衛は平右衛門と顔を見合わせ、

「いいえ」

「ふむ、それはよかった。きょうのきょうじゃまだ早いゆえなあ。あすあさってにも来るやもしれぬ。もし来れば引きとめ、儂に至急知らせて欲しい。そのとき、権三と助八もおれば、なおいいのだが」

「あのう、それがこたびの〝祟り〟だ〝幽霊〟だのといった件となにか……。お絹と多恵が、さような掏摸と係《かか》り合《あ》っている……と？」

問いは平右衛門だった。

右善は応えた。

「人は十数年も他所で暮らしておれば、いかなる道を歩んだかわからなくなるゆえなあ」

「ううっ」

と、平右衛門にとってはきつい言葉である。

「いずれにせよ、それを見極《みきわ》めたいのじゃ。係り合いがあれば、お絹と多恵の現在《いま》の居所も割り出すことができ、なんとか救う手段《てだて》も見いだせようかと思うてな」

かたわらで竜尾がうなずいた。

「よろしゅうお願い致しまする」

平右衛門は療治部屋の茣蓙《ござ》に両手をつき、六兵衛もそれにつづいた。

顔を上げると、六兵衛が問いを入れた。

「さきほどの話によりますと、若いお武家が二人、係り合っているようですが、それはいったい……」

「そこよ、問題は。儂にも判らぬ。そなたら中村屋と関わりのない、不逞《ふてい》な若侍と掏摸がつるんだだけの所業なのか、あるいはそやつらまで〝祟り〟や〝幽霊〟と係り合っているのか、それも見極めなければならぬ。その第一歩が、件《くだん》の刀が中村屋に持込まれるか否《いな》かじゃ。ここ数日、心されよ」

「さように致しまする」

平右衛門につづき、六兵衛もまた茣蓙に手をついた。

帰り、二人の表情は来たときのように強張《こわば》ってはいなかった。だが、緊張の色を刷いているのに変わりはない。

六兵衛が平右衛門の足元を提灯で照らしている。留造も提灯を手に、往還まで出て見送った。冠木門を閉める音が聞こえた。

療治部屋の灯りのなかで、竜尾は言った。

「やはり中村屋さんの人々の病を癒《いや》すのは、鍼でも薬湯でもなく、〝幽霊〟の解明以外にないようですねえ。なにやら、恐ろしゅうございます」

「儂もだ」

右善は応えた。


閉められた冠木門の潜り戸が開いたのは、夜更けてはいたが思ったより早かった。権三と助八が北町奉行所のある常盤橋《ときわばし》御門内に駈けこんだとき、善之助はまだ奉行所にいたようだ。もし帰っていたなら、二人は日本橋を越え八丁堀まで走らねばならなかった。こうも早く帰っては来られない。

権三と助八は弓張の御用提灯を手にしている。

「旦那、お連れいたしやしたぜ」

権三の声が玄関に飛びこんだ。療治部屋と待合部屋がならぶ縁側は、すでに雨戸が閉めてある。

留造とお定はきのうにつづき、酒肴《しゆこう》の準備に奥の台所に入っている。右善が呼んだ客だから右善が玄関に出迎えた。

「へへん。俺たちがこいつをかざして筋違御門を通ると、番士のやつらキョトンとしてやがったぜ」

「そんなようだった」

権三が言ったのへ助八がつづけ、そろって御用提灯の火を吹き消した。二人ともきょうは相当な働きだったのに、疲れを見せていない。御用提灯を手にしたのがよほど嬉しかったようだ。

来たのは善之助と藤次だけではなかった。隠密廻り同心の色川矢一郎《いろかわやいちろう》も一緒だった。役務では定町廻りの善之助より、この色川矢一郎のほうが右善の直接の後輩ということになる。きょうはとくに探索がなかったのか、得意の職人姿ではなく八丁堀姿だった。といっても、二人とも黒羽織は着けていても急いだせいか、着ながしの着物を尻《しり》端折《はしより》にしているから、粋《いき》な姿とはいえない。

「私も児島どのと一緒に、権三と助八から話を聞きましたもので」

色川は言う。色川も療治処に幾度か来たことがあり、権三と助八とはすでに顔見知りである。

「聞いてすぐ感じました。愛宕権現社の事件とつながりがあるのでは、と」

「そのにおいがきわめて濃い」

玄関の板敷きに立ったまま右善は返した。奉行所で、また来る道筋で、権三と助八はかなり詳しく話したようだ。手間がはぶける。

「さあさあ、もう用意ができておりますから」

竜尾が出て来て奥への廊下を手で示した。

座敷に、すでに酒肴《さかな》がそろっていた。きのうは急なことで熱燗だけだったが、きょうは肴も用意されている。

「うひょー」

権三が声を上げた。

居間のほうが落ち着けるのだが、座敷のほうがいくらか広い。ほぼ円陣だが、右善と善之助、色川が向かい合い、その周囲に竜尾と権三、助八、藤次が居ながれるように座を取った。事件の話であるためか、この家のあるじである竜尾はいくらか遠慮気味に腰を引いている。

「父上、きのうにつづき、きょうまたお呼びとは、如何《いか》なる進展がありましたのか」

善之助が言ったのへ右善は、

「権三と助八からすでに聞いたと思うが……」

と、話がくり返しになるのを避け、さきほど中村屋に語った内容を詳しく話した。

さすがに右善に仕込まれた隠密廻りか、色川が善之助に視線を向けた。

「児島どの、きょう一日、奉行所には質屋での揉め事や窩主買《けいずかい》の事件などは持ちこまれておらんのう」

「ない。一件も」

善之助は応えた。これが今宵、右善が善之助に確かめたいことだったのだ。色川はさらに右善へ視線を戻し、

「その小刀が中村屋以外の質屋か古物商に持込まれたなら、猿回しの場での件は、こたびの中村屋をめぐる一件とは無関係ということになりますなあ。承知しました。さっそくあしたから児島どのと手分けしてあたってみましょう」

「頼むぞ」

「それにしても、情けない侍でございますなあ。猿回しを見ていて腰の物を抜き取られるとは」

「ほほほ、まことに」

竜尾がきのうにつづき、また言った。

善之助も言った。

「その武士も武士ですが、その掏摸のほう、なかなかのものですなあ。是非とも挙げとうございます」

権三と助八は右善のかたわらで、そっと腰を引いた。もしきょう昼間、あの三人のあとを尾け、一人でも素性を暴《あば》いていたなら、今宵のこの談合は違った展開になっていたはずである。それを右善は〝手柄〟と褒めてくれた。二人にとっては、実にありがたい言葉だった。

色川がまた言った。

「したが、その掏摸が若侍とつるんでいるのが気になりますなあ。いずれかの武家屋敷に逃げこまれたのでは、手も足も出ませぬ」

「そこよ、儂も懸念しておるのは。町方にはやりにくうなるし、それが中村屋の件に係り合《お》うていたなら、幽霊の件はますます複雑になって別の事件へと発展し、そこにも係り合ってしまうことになるでのう。ともかく、その小刀が早ういずれかにあらわれ、掏摸か若侍が足跡を見せてくれることを願うばかりじゃ」

右善の言葉に、権三と助八はまたそっと腰を引いた。

それに気づいた右善は、

「それにしても腰の物を抜き取られた武士も、なかなかのものと思わぬか」

と、話題を足跡の追跡からまえに進めた。

「抜き取られたあと、そこに騒ぎはなかったことを権三と助八がすでに確認してくれておる」

「へえ、さようで」

権三と助八はぴょこりと頭を下げた。

ようやく権三と助八の盃も動きはじめた。

右善の言葉はつづいた。

「おそらく猿回しがひととおり終わり、帰ろうとしたところで小刀のなくなっているのに気づいたはずじゃ。小刀一振りでも、腰にかかる重みが違うでなあ。だがそのとき武士は騒がず、何事もなかったように屋敷に戻った」

「その場で騒いで、恥をかくのを防いだのですね」

竜尾が得心するように言った。

「おそらくこの武士、御家人や百石前後の微禄の者ではあるまい。相応の禄を食《は》む者と思われる。そうじゃのう、お忍びの参詣で中間一人を連れておったか。五百石前後かのう。それ以上になると、お忍びなど難しく、それこそ権門駕籠をくり出さねばならないゆえのう。武士とはまったく体面が大事で、窮屈なものじゃ。高禄になればなるほどのう」

「そのようでございますねえ」

と、また竜尾。

「すると、そのときすぐ騒いでおれば、刀を取り戻せていたと？」

と、善之助。

「いいや、無理じゃろ。若侍の一人は、始めから大刀一振りだけで、掏摸の町人から小刀を受け取ると、武士本来の二本差になった。騒ぎがあっても誰に怪しまれることなく、悠然とそこを離れることができたはずじゃ」

一同はあらためて掏摸どもへの感心の表情になった。

右善は盃を口に運び、なおもつづけた。

「つまりじゃ。掏摸の町人と若侍二人は、端《はな》からその武士を狙っていた」

「なるほど」

色川矢一郎がうなずき、

「ならばその掏摸も、ただの町の掏摸ではなく、なにか悪事を企み、それの一環が愛宕権現社での千吉郎殺しや女童の幽霊騒ぎ……と」

「さよう。いま推測できるのはそこまでだ。もし、小刀が中村屋に持ちこまれたらの話じゃが」

「その推測、当たっておれば、あしたかあさってには向こうさんの動きが見えましょうか」

「他の質屋や古物商に持ちこまれれば、単なる金目当ての……」

色川矢一郎が返したのへ、善之助がつないだ。

右善は昨夜とおなじように、この場を締めくくるように言った。

「そうなる。そのいずれにしろ、公儀とは別に、おまえたちの手が必要じゃ。一つは寺社の境内、一つは武家がからんでいるとなれば、町奉行所は無力ゆえのう」

「うひょーっ。これはまったくもって大旦那、隠密同心にお戻りなされた」

藤次は大きな声を上げた。岡っ引も同心と同様、支配違いの悔しさは骨身に沁みているのだ。

盃が急速に動き、それぞれの分担が話し合われ、決着がつくまで毎日午後、陽のまだ高いうちに、藤次が療治処につなぎを入れることになった。

善之助たちが冠木門の潜り戸を出たのは、昨夜より遅い時分になっていた。権左が

療治処の提灯を借りておきながら、

「へん。ぶら提灯はぶらぶらしやがる。やはり弓張の御用提灯のほうが持ちやすいですぜ」

などと言っていた。

右善がぶら提灯を手に裏手の離れに戻るとき、

「すまんのう。二日つづきで母屋を借りてしもうて」

「いいえ。そういう右善さま、頼もしゅう見えまする」

竜尾は言った。

七

翌朝、事態は動いた。

日の出のころ、留造が冠木門を開けたところへ、町駕籠が一挺、かけ声とともに走りこんで来て玄関前に駕籠尻をつけた。

留造は驚き、駕籠舁きの声は屋内にも聞こえ、

（スワ急患）

と、身支度を整えたばかりの竜尾が走り出て来た。

ところが急ぐように駕籠から降り立ったのは、四十がらみで痩せ型の歴とした武士だった。駕籠に乗っていたため、大小とも腰からはずし手に持っている。痩せ型ではあるが、いずれかを病《や》んでいるようには見えない。強《し》いて言えば、顔に焦りの色が見られるところか。

武士は言った。

「ここは女鍼師の療治処でござるな」

「は、はい」

「ならば児島右善なる隠居がおろう。いずれじゃ」

「右善どのなら確かに療治処《ここ》におりますが、どちらさまでございましょう」

「ともかく、児島どのに会いたい。取次がれよ。名はそれからじゃ」

武家と町医者ならそれでも仕方ないが、それにしても横柄《おうへい》なもの言いである。

竜尾は気を悪くし、

「なれど、お名前とご用件をお聞きしませぬことには」

毅然とした態度をとった。竜尾にはまたその姿が似合っていた。

武士がなおも、

「さあ、取次がれよ」

「いずれのお武家で、ご用件は」

応酬《やりとり》しているところへ、

「朝っぱらからどうしたというのじゃ」

庭の裏手のほうから、総髪の右善が夜着のまま頸根《くびね》を掻《か》きながら出て来た。

留造が異常を察し、知らせたのだ。

「あ、右善さま。こちらのお方が……」

「ほう、儂《わし》になにか用かのう」

竜尾が救われたように言い、右善が返すと、

「ほう、そなたが元隠密廻り同心の児島右善どのか」

と、四十がらみで痩せ型の武士は竜尾を無視し、右善のほうへ歩み寄り一方的に語った。

「昨夜も二度ほど参ったが、いずれも来客中のようすだったので遠慮した。それできよう早朝の訪問となった次第じゃが、是非にも話を聞いてもらいたいことがある。いかがか」

このような申し入れようなら、竜尾が不快感を示したように、右善も断わるところ

だが、きのうの小刀の件がある。しかも昨夜二度も来たと言う。おそらく中村屋の平右衛門と六兵衛が来ているときだったろう。あのときならまだ冠木門は開いていた。それなのに遠慮したとは、

（もしや）

思い、

「来られよ。むさ苦しいところじゃが」

と、裏手の離れのほうへ先に立った。

明らかにその武士は、療治処を訪ねたことを秘匿したがっている。

武士は駕籠舁き人足に、

「ここで待っておれ」

言い残し、右善につづいた。庭で駕籠を降り、帰りも庭で乗れば、町の者に顔を見られずにすむ。

武士は右善が母屋ではなく別棟に住んでいることに、いくらか驚いたようだ。すでに夜具を上げていたのはさいわいだったが、右善はまだ夜着のままである。その無礼を詫び、端座で武士と向かい合った。

武士はここで初めて、

「それがし四百石の旗本、大竹家《おおたけ》の用人で松原《まつばら》小重郎《こじゆうろう》と申す」

と、名を名乗り、あるじの役職はご容赦願いたいと言い、屋敷の所在だけを語った。

神田明神のすぐ北側に湯島天神があり、一帯は町場だが湯島天神の裏手一帯は武家地で、そこに大竹家は屋敷を拝領しているという。明神下からはすぐ近くだ。療治処に住込んでいる総髪の隠居が元隠密廻り同心であることは、一帯に知れわたっている。

大竹家の松原小重郎は、そのうわさを頼りに訪ねて来たようだ。

「ほう。天神さんの裏手といえば、越後高田藩《えちごたかだ》榊原家《さかきばら》の中屋敷があるところですな」

「さよう。ここからなら、その中屋敷の手前でござる」

右善の返答に、松原小重郎は言った。向後《こうご》のつなぎもあれば、そこに偽りはないだろう。

松原小重郎は話を切り出した。

はたして件《くだん》の小刀についてであった。

松原小重郎がきのう午《ひる》ごろ、神田明神へ参詣に出かけ、

「恥ずかしい話じゃが、つい境内で大道芸の見世物に見とれ、気がつけば腰の大小のうち、小刀を抜き取られましてのう」

やはり右善の予測どおり、その場で気づいたようだ。

「ほう。きのうといえば、竹馬に乗った猿の宙返りでござるか」

「そ、そう、それ。猿回しでござった」

松原小重郎は慌てたように言う。

（みょうだなあ）

右善は松原小重郎という、大竹家の用人に疑念を持った。

松原の言葉はつづいた。

「おぬし、北町奉行所で定町廻りと隠密廻りを務めたそうじゃのう。それも敏腕だったと聞く」

うわさだけではなく、奉行所に手をまわし、早急《さっきゅう》に調べもしたようだ。

「そこでだ、秘かに探索し、極秘のうちに取り戻してもらいたい」

「小刀だけじゃわかりませぬ。物は？」

「ほっ、やってくれるか。とりあえず探索費用として十両ばかり用意した。もっとかかるなら追加してもよい。金に糸目はつけぬ」

焦っているようだ。

「ゆえに、物は？」

再度の問いに松原は言いよどみ、

「わが家の家宝でな、備前《びぜん》の長船派《おさふねは》じゃ。小刀でも目釘は二カ所、中心《なかご》に銘も打ってある」

「えっ」

右善は驚いた。備前長船といえば、鎌倉期より伝わる稀代《きたい》の名刀である。そのながれを汲む長船派もまた名刀である。だから松原はまず十両もの大金を出し、さらに〝金に糸目はつけぬ〟と言ったのだろう。三十両になろうが五十両に跳ね上がろうが、その価値はある。

右善はさらに疑念を持った。用人といえば武士には違いないが旗本の家来であり、陪臣《ばいしん》である。そのような身分の者が、

（さような名刀を所持しているだろうか。所持していても、家宝と言いながら普段に帯びているのは奇妙だ）

右善は疑念を深めながらも、

「確実にとはいかぬが、盗品の刀は、質屋や窩主買《けいずかい》に手をまわせば、往々にして出て来るものでござる」

「そこじゃ。奉行所を通したのでは、事がおもてになってしまう。ゆえにいま、そな

たに……こうして」

なるほど、気持ちはわかる。武士が刀を町場で抜き取られるなど、不名誉なことこの上ない。場合によっては、役職召し上げだけではすまないかもしれない。

「当方、隠居はしていても、極秘に頼める同心や岡っ引を幾人か知っておりもうす。ともかく、あたってみましょう」

右善の言葉に、松原小重郎は肩の荷を降ろしたような表情になった。

あたってみようではなく、すでにあたっているのだ。そこに十両もの大金はいらないが、受け取らないのはかえって不自然だ。逆にもっと吹っかけたほうが、信用されるかもしれない。

陽はかなり高くなっている。

右善は見送りのため、また庭に出た。さきほどの駕籠が待っている。

そこへ町駕籠がもう一挺、遠慮気味なかけ声とともに冠木門を入って来た。権左と助八である。町内の産後の肥立ちが悪いご新造を乗せて来たのだ。女中が一人、付き添っている。

駕籠尻を縁側の前につけると前棒の権三が、松原小重郎を待っていた同業に、

「あれえ、おめえら。なんでこんなとこにいやがるんだ」

「てやんでえ。お客を乗せて来て、待っているだけでえ」

なじるように言ったのへ、同業は反発するように言った。きのう、明神坂の坂上から三挺つながって内神田まで行ったうちの一挺だった。

「おい、早く出すのだ」

離れから出て来た武士に言われ、

「へいっ、ただいま」

同業は片膝をついて垂《たれ》をめくり上げ、また下ろすと、

「へいっほ」

「へっほ」

冠木門を出て行った。

右善は、糸口になるじゅうぶんな感触を得た。

お定が縁側に出て来て、女中と一緒にご新造を待合部屋に上げた。療治部屋にはすでに患者が入っている。

右善は権三と助八を庭の隅に呼び、

「おめえら、さっきの侍、見覚えがあるだろう」

「いいや、知らねえ。初めて見る面《つら》だ」

権三が応え、

「なに！　きのう猿回しを見ていて、小刀を抜き取られた侍じゃねえのかい」

「違いまさあ。言ったでやしょう。あんな痩せっぽっちで、目のぎらぎらしたやつじゃござんせんぜ」

「そう。もっと太っていて、恰幅《かっぷく》がいいというか、のんびりした侍でさあ」

権三と助八は口をそろえた。

そこはさきほどから、右善も疑問に感じていたところだ。

縁側からお定が、

「あれあれ、右善さん。まだ着替えてなさらない」

言われて右善は夜着のままなのに気づき、

「いけねえっ。おめえら、ここでちょいと待っておれ」

裏の離れに走った。

「なんなんでえ、きょうの旦那は」

「さあ」

権三が言ったのへ、助八は首をかしげた。

三　駕籠舁き活躍

一

いつもの絞《しぼ》り袴《ばかま》と筒袖《つつそで》に急いで着替え、右善は庭に戻った。

権三と助八が待っている。

「やはり、違うか」

「へえ、まったく」

右善の再度の問いに、二人は声をそろえた。

「うーむむ」

右善はうなり、

「さっきの駕籠屋、昵懇《じっこん》のようだのう」

「そりゃあもう同業でやすから、毎日会いまさあ」

「きょう、このあとも会うか」

「たぶん。午過《ひるす》ぎになりゃあ、いつも明神坂の上で客待ちをしてまさあ」

権三と助八は交互に応《こた》えた。

「よし。おめえたちもそこへ行ってくれ。さっきの侍《さむれえ》、湯島天神の裏手に屋敷がある大竹家の用人で松原小重郎と名乗りおったが、実際その屋敷に帰ったか訊いておいてくれ。越後高田藩の中屋敷の手前らしい」

「お安いご用で。なんなら、いまからでも追っかけて来やしょうかい」

権三が言ったのへ右善は返した。

「いや、そこまでやれば不自然だ。あの坂上の茶店で、さりげなく訊くのだ」

「その松原小重郎とかいうのが、さっきの痩せっぽっちの侍ですかい。それがわざわざ旦那を訪ねて来て、あの猿回しのときの？」

助八が怪訝《けげん》そうな表情で問いを入れた。

権三と助八は役に立つ探索方である。材料の共有はしておかねばならない。

右善は離れでさきほど松原小重郎の語った内容を話した。

「じょ、冗談じゃねえですぜ。俺たちがあんな痩せたのと太ったのを見間違えるはずありやせんぜ」

「そりゃあ、裏になにかあるんじゃござんせんかい」

権三が言ったのへ助八はつづけた。

「そのようだ」

右善は深刻な表情で応えた。

糾明《きゅうめい》しなければならないことが、また一つ増えた。

「そこを見極めるためにも、松原小重郎なる者が実際に大竹家の用人かどうか、嘘は言ってねえと思うが、一応確認しておきてえ。くれぐれも、みょうに思われるような訊き方をするんじゃねえぞ」

「へへん。わかってまさあ」

権三が胸を張ったのへ、助八も大きくうなずいた。二人とも右善と秘密を共有し、探索の一翼を担っているのが嬉しくてならないといった風情である。

縁側からお定の声が飛んだ。

「右善さん、お師匠が煎じ薬の調合をお願いしますって」

「おう、いま行く」

昼間の療治処では、やはり竜尾があるじだ。

さきほどの武士の来訪が気になっているようなそぶりだったが、療治部屋に患者の絶えるときがない。

「あとでな」

右善が言ったのへ、竜尾はうなずいた。

まだ陽が中天にかかるまえだったが、権三と助八が幾度か患者の送り迎えをし、療治処に帰って来た。ちょうど部屋の空気の入れ替えで、お定が縁側に面した障子を開けたときだった。

「あら、空駕籠で？」

竜尾はつぶやき、

「右善さんになにかお話があるような」

「おう、そのようだなあ」

と、右善は薬湯を調合し終わったところだった。

腰を上げ、縁側から庭に下りた。

またけさ方とおなじ庭の隅である。

「どうだった」

「へへ。あの同業ども、坂上で客待ちしていやしたぜ。猿回しもきのうとおなじところに出ていやがって」

軽やかな権三の口調から、うまく聞き出したのがわかる。

助八が言った。

「旦那のおっしゃるとおり、天神さんの向こう側で榊原さまの手前でやした。大竹家ってえ四百石か五百石くれえの旗本屋敷で、お客の名前までは知らねえと言ってやしたが、門番のようすなどから屋敷の殿さんじゃねえことだけは確かだって」

「同業どもめ、なんでそんなことをってえ訊きやがるもんで、旦那に早く報せなくっちゃと思い、なんでもねえって早々に戻って来やした次第で」

「ほう、それはご苦労だった」

と、また権三が言ったのへ右善が返したときだった。

「旦那ア！　右善の旦那ア。来てくださいましっ」

中村屋の手代の作之助がまた冠木門を飛びこんで来た。

（来たなっ）

とっさに右善は、備前長船《おさふね》派が中村屋に持込まれたのを直感し、

「おう、作之助。ここだここだ」

「あ、ちょうどよかった。いま旦那さまと番頭さんがお相手をっ」

「よし、わかった。すぐ行く。権と八」

権三と助八に低声《こごえ》で、

「おめえらは中村屋の玄関前で、客を拾うふりをして待っておれ。出て来る男の面《つら》を確かめるのだ。儂《わし》は裏手からそっと入る」

「お気をつけて」

なにやら急ぐようなようすに、竜尾が縁側に出て声をかけた。中村屋から声がかかったのでは、昼間でも右善は竜尾からの差配を離れた行動にならざるを得ない。

「おう」

右善は縁側に向かって手を上げ、離れに急いで戻り、脇差を腰に出て来るなり、

「行くぞ」

作之助を急《せ》かした。

冠木門を出ると、権三と助八の担ぐ空駕籠に、右善と作之助が従う奇妙な一行となった。往来の者がふり返る。短い距離だが、中村屋に向かっているのだ。

（まずい）

思わざるを得ない。いま明神下一帯は〝多恵の幽霊〟で持ちきりなのだ。

「えっ、昼間から幽霊⁉」

声が聞こえて来るようだ。なおさら急がねばならない。

「こちらから」

作之助の案内で裏の勝手口にまわった。

権三と助八はおもての玄関前に駕籠尻をつけ、客待ちの風を装《よそお》った。


右善は店場の奥から、帳場格子のほうを窺《うかが》っている。

「最初は番頭さんが応対し、すぐに旦那さまが出られ……」

手代の作之助が口早に説明した。

男は板敷きの間《ま》に腰を据え、片足をあぐらでも組むように板敷きに上げている。まるで強請《ゆすり》の光景だ。

あるじの平右衛門が前面に出て端座の姿勢で男と向かい合い、番頭の六兵衛も帳場格子から出て端座の姿勢をとっている。

「そうかい。これほどの品になりゃあ、請人《うけにん》が必要かい。持主《もちぬし》が一緒に来れば、それでもいいのだな」

「さようでございます。さっきから幾度も申し上げていますように」

男が居丈高《いたけだか》に言い、平右衛門が端座を崩さず鄭重に返している。

この言葉で、これまでの応酬《やりとり》がわかる。

抜き取られた小刀が持ちこまれるかもしれないことは、右善が中村屋に伝えているが、それが備前長船派の業物《わざもの》であることまでは知らない。右善もきょうの朝、大竹家用人の松原小重郎と名乗る武士から聞いて驚いたばかりである。

老舗《しにせ》の質屋である中村屋なら、当然、刀の目利きはできる。刀身をあらため、長船派とわからないまでも、相当な業物であるのを、一目で見抜いたのだろう。しかもそれを持ちこんだのが、いまそこにいる目つきの悪い遊び人風の町人とあっては、右善からの話がなくとも警戒し、なんらかの理由をつけてお引き取りを願うだろう。それがいま男の言った〝請人《けえ》〟か〝持主〟のようだ。

「承知したぜ。いまから帰って、持主を連れて来らあ。それにしてもこの質屋は、なんとも辛気臭《しんきくせ》え雰囲気だなあ。身内になにか不幸でもあったのかい」

からかうような悪態《あくたい》をつき、男は腰を上げた。

(よし。これでいい)

右善は確信した。

尾行するつもりだったのだが、男は必ずまた来る。尾ける必要はない。あとは権三と助八が男の面《つら》を確認するだけだ。結果はすぐ聞けるだろう。

　ところがそうはならなかった。

　肩をいからせ往還に出た男が、

「おっ、ちょうどいいや。おめえら客待ちかい。遣《や》ってもらおうかい。そう遠いところじゃねえ。小石川《こいしかわ》だ」

　と、駕籠に乗りこんでしまった。

　その声は商舗の中にも聞こえた。

「へいっ、ただいま」

　と、権三の声。すぐに二人のかけ声が遠ざかった。

　店場に出た右善は、

「奥へ」

　平右衛門に言われ、奥の部屋に移った。権三と助八が戻って来るまで、平右衛門とじっくり話すことができる。背後に、番頭の六兵衛が手代の作之助を呼ぶ声が聞こえた。

　奥の部屋に入るなり平右衛門は言った。千吉郎の野辺送りの帰りに血瘀《けつお》を来たして以来、平右衛門の顔は日に日に憔悴《しょうすい》が目立つようになっている。

「児島さま。いまの男、目つきが悪ぐ見るからに遊び人という感じでしたが、ほんとうにお絹と多恵が生きていて、あんなのと係り合って悪戯《わるさ》をしかけて来ているのでしょうか」

「ふむ、儂《わし》も見た。まったく性質《たち》の悪い遊び人の面だった。権三と助八に聞けばすぐわかると思ったのだが、聞こえたとおり、どこかへ乗せて行ってしまった。小石川と言っていたようだが、あの野郎、質草を持って来て、名と住まいはちゃんと言っていたかい」

「はい。質屋に来て偽名や嘘の住まいを言えば、端《はな》から盗品だと白状するようなものです。怪しいと思った場合、すぐ手代の作之助を走らせ、住まいと名を確認いたします。児島さまもご存じのように、それが偽《いつわ》りであったなら、すぐさま自身番をとおして奉行所にお報《しら》せするようにしております」

「知っておる。それによって奉行所が盗っ人を挙げることもあるからなあ。さっきも六兵衛の作之助を呼ぶ声が聞こえておった」

「はい。いまごろ作之助が確認のため、走っているはずです。手前どものように、まっとうな商いをしているところへ質入れするお人は、それを知っておりますから、間違いはないと思います」

「そうであろう。で、あの男、住まいは小石川のようだが、名はなんと」

右善の口調は、すっかり同心時代に戻っている。

平右衛門は応えた。

「小石川陸尺町《ろくしゃくちょう》の源兵衛店《げんべえだな》という裏長屋で、左金次《さきんじ》と名乗りました。おっつけ作之助が戻って参りましょうから、どんなお人かもわかりましょう」

「小石川陸尺町といえば、伝通院《でんづういん》の門前に広がっている町場だな」

と、右善はもと町方だから、江戸の町には詳しい。伝通院は神君家康《いえやす》公の生母である於大《おだい》の方《かた》や孫娘の千姫《せんひめ》の墓所がある、徳川家ゆかりの浄土宗《じょうどしゅう》の寺である。

その門前に広がる小石川陸尺町なら、湯島の切通しを経て武家地に入り、御三家の水戸《みと》徳川家の上屋敷の白壁を過ぎたところであり、駕籠で小半刻（およそ三十分）もあれば着くだろう。さほど遠くはない。門前の表通りは将軍家ゆかりの寺とあって、格調の高い料亭などが暖簾を張っているが、枝道に数歩入れば、やはり雑多な町場となっている。

ちなみに陸尺とは駕籠舁き人足のことで、江戸開府のころ幕府の駕籠舁きたちが住んでいた土地であったことから、それがそのまま町の名になった。陸尺は天秤棒の六尺が変化したものといわれている。

「それで左金次とやらは、どのような口上《こうじょう》を引っ提げて、さきほどの小刀を持ちこんだのだ」

「はい。それがみょうなのでございます」

「ふむ。どのように」

右善はまだ平右衛門に、旗本大竹家の用人で松原小重郎と名乗る武士が療治処に来て、小刀の探索を依頼した話はしていない。

「知り合いのお武家に頼まれた、と。そのお武家の名は言わないのでございます。そのような口上で質草を持って来る者は、およそ怪しい者とみて間違いありません」

「それで請人を立てるか、当人が直接来るようにと言っておったのだな」

「はい。そのとおりでございます」

「いかほど借りたいと？」

「それがまた解《げ》せぬのでございます。十両、と」

十両といえば大金である。町場の職人の半年分ほどの稼ぎに相当する。

「どうじゃな、あの小刀で十両は用立てられるか」

「用立てるどころか、その倍を言われても、請人さえしっかりしておれば用立てます。柄《つか》をはずして銘《めい》までは見ておりませんが、かなりの業物でした」

「ほう。さすがは中村屋だ。実はのう……」

と、ここで右善は、依頼者の名は伏せたが。神田明神で武士が小刀を抜き取られ、それを秘かに探してくれとの依頼が、けさあったことを話し、

「銘は備前長船派だ」

「えぇえ！　そ、それなら五十両でも用立てまする。いや、百両でも」

と、平右衛門は仰天した。

備前長船そのものなら鎌倉期の業物で、もはや値はつけられず、大名家なら千金を積んでも欲しがるだろう。その流派を汲む刀も、武士には垂涎《すいぜん》の的《まと》である。

その小刀を、左金次なる遊び人風の男が中村屋に持ちこんだ。

右善と平右衛門は顔を見合わせた。

まだ陽は高い。権三と助八、作之助の帰りが待たれる。

二

「あれ、早かったねえ」

と、帳場格子の中にいた番頭の六兵衛が驚くほど、早く帰って来たのは権三と助八

だった。作之助は二人と鉢合《はちあ》わせになることはなかったようだ。

「さあ、奥で児島さまがお待ちです」

「へい、どうも」

番頭の六兵衛に言われ、二人は奥へ通された。駕籠舁き人足が客人のように奥の部屋へ通されるなど、初めてのことだ。祟りだの幽霊だのと、こたびの一件は始めから異例ずくめのようだ。

待っていた右善と平右衛門は、

「どうした。途中で降ろしたのかい？」

「伝通院の近くまでじゃなかったのですか？」

と、二人が思ったより早く帰って来たことに、驚くよりも首をかしげた。

権三と助八は、

「小石川には違《ちげ》えありやせんが、ほれ、水戸さまのお屋敷の手前の、板塀《いたべい》ばかりがつづく武家地でやして」

「近くを歩いていた中間《ちゅうげん》さんに訊くと、久田《ひさだ》さまとかいう旗本の屋敷でやした」

言いながらあぐらを組んだ。

右善と平右衛門はさらに首をかしげた。左金次なる遊び人風が祟りや幽霊話と係り合いがあるとすれば、幽霊の背景が武家地にまで広がったのだ。

旗本屋敷といっても、百石前後の微禄《びろく》になれば、屋敷の敷地はせいぜい二百坪か広くても三百坪で、塀《へい》も白壁などではなく板塀で、母屋は瓦葺《かわらぶ》きであっても正面門は板葺《いた》きである。

いわゆる小旗本《こっぱたもと》で、庭の往還側に長屋を建てている屋敷が多い。奉公人の住まいではなく、俸禄《ほうろく》だけでは家族どころか奉公人も養えず、町人に貸しているのだ。そうした武家屋敷の正面門に、町人が頻繁に出入りしていても不思議はない。左金次なる与《よ》太《た》が、その一画の正面門に入って行ってもおかしくはない。

しかし左金次は、ねぐらを小石川陸尺町の源兵衛店と言った。走りこんだのは、町場の裏長屋ではない。右善と平右衛門が、さらに首をかしげたのはそこである。首をかしげるような場所が脳裡に浮かび上がり、その小旗本の名がはっきりしたのは、権三と助八の大手柄である。

それを話題にすると権三が、

「へい。あっしら、これから町場へ仕事にくり出しやすので」

「そのめえに療治処にお客がいねえか、ちょいとのぞいてみやす」

と、腰を上げようとしたので、

「おいおい、ちょいと待て。肝心なことを忘れていねえか」

右善は呼び止めた。

「あっ、そうだ」

「そうそう。間違えありやせん。野郎でさあ、恰幅《かっぷく》はいいが頓馬《とんま》なお武家から小刀を抜き取ったのは」

権三が気づき、助八が応えた。きのう猿回しに見とれている武士に近づき、あざやかな腕を見せたのは、左金次に間違いないようだ。

二人が部屋を出たあと、ふたたび右善と平右衛門は顔を見合わせた。

そのあとしばらくしてから、手代の作之助が帰って来た。この報告には、商いに関わることだから番頭の六兵衛も同座した。

作之助は口を開いた。

「確かに小石川陸尺町の裏手に源兵衛店という長屋があり、そこに左金次という住人はいました。したが、どこか寄り道でもしたのでしょうか、まだ帰っておりませんでした」

左金次は武家地の久田屋敷に寄り道していたのだ。だから権三と助八の駕籠に会わなかったのだろう。

「それで？」

急かしたのは番頭の六兵衛だった。商いに関わることである。

「はい。それが……」

作之助はいくらか口ごもり、

「なにやら遊び人らしく、いつもいずれかで小博奕《こばくち》を打って暮らしているような男でした。取引きをするには、不向きな相手かと思います」

「ふむ」

六兵衛はうなずいた。感想を述べるのも手代の仕事である。

右善と平右衛門もまた顔を見合わせ、うなずき合った。見た目と、掏摸《すり》か博奕打ちというのが、奇妙に一致するのだ。

それに、陸尺町の源兵衛店に間違いなくとぐろを巻いているのなら、久田屋敷が建てている長屋の住人ではない。久田家の母屋のほうに用があったと推測できる。そこに右善と平右衛門はうなずいたのだ。

平右衛門は右善に言った。

「その左金次さん、あの小刀の持主と一緒にまた来ると言っていましたが、如何《いか》ように取り計らえばよろしいでしょうか」

「引き受けるのだ。中村屋さんが窩主買《けいずがい》に手を出したのでないことは、奉行所に対して儂が請人《うけにん》になろう」

「ほっ、ありがとうございます。それでは番頭さん、そのように計《はか》らってください」

「はい。かしこまりました」

平右衛門が六兵衛に言ったのへ、作之助は不満顔になり、

「あの男、遊び人で博奕打ちですよ」

反発した。無理もない。質屋としては、最も避けたい相手なのだ。

平右衛門は諭《さと》すように言った。

「これはねえ、作之助。元隠密廻りの児島さまへの合力《ごうりき》であり、ありもしない祟りや幽霊の背景が明らかになるかもしれないのです」

「そのとおりだ。料簡してくれ。おそらく左金次なる者はこのあとすぐ、若侍と一緒に来るだろう。若侍は二人かもしれぬ」

「二人？」

作之助はまた怪訝な表情になった。

権三と助八は、左金次とつるんでいた若侍は二人と言っていたのだ。

また右善は言った。

「持って来るのを、儂もここで待とう。揉め事になれば、すぐ店場に出るから」

「はあ」

と、まだ解せぬ顔の作之助に平右衛門は、

「安心して、通常の商いのように小刀を預かるのです。いいですね、番頭さんも」

「はい。さように。児島さまがここに詰めていてくだされば、私どもも心強いです。さあ、店に戻りましょう」

六兵衛が作之助をうながし、店場に戻った。

部屋はまた右善と平右衛門の二人になった。

「若侍は二人とも来ましょうか」

「来て欲しいものだ。儂もやつらの面を確かめておきたいでのう」

平右衛門の問いに、右善は応えた。

平右衛門は奉公人の前では心配そうな表情になるのを極力抑《おさ》えていたが、やはり右善と二人になれば、顔がさっきよりも蒼ざめて見えた。

右善は平右衛門を見直した。古参女中二人が〝多恵の幽霊を見た〟と震え上がり、妻と娘が寝込んでしまったというのに狼狽《ろうばい》したようすもない。

（こやつ、鈍《にぶ》いのか、それとも開き直っているのか）

思ったものだが、そうではなかった。

（私が慌て、恐れおののいたのでは、家人すべてが恐怖につつまれ、それこそ店が立ち行かなくなってしまう）

と、中村屋のあるじとしての責任感から、

（つとめて気丈にふるまっている）

そのように見直したのだ。

右善は中村屋の奥に陣取っても、あの女中二人を部屋に呼ぶことはなかった。訊いても新しいことはなく、ただ恐怖を思い起こさせるだけだろう。二人はまだ一歩も外へ出られず、お栄とお里は寝込んだままなのだ。竜尾がきょうも往診に来るだろう。気休めにはなるのだ。

三

はたして右善の、願望が混ざった予測は当たった。

「来ました。おっしゃったとおり、若いお侍が二人、左金次さんと。いま番頭さんが応対しております」

手代の作之助が廊下につつとすり足になり、奥へ知らせに来たのだ。

平右衛門も応対に加わり、右善はさきほどのようにそれを陰から見た。なるほど若侍二人を連れている。

土間に立ったまま、

「おっ、こんどはご亭主がお出ましだな。見なせえ、これで文句はないだろう。言われたとおり、持主にお越しいただいたぜ。さあ、勇蔵《ゆうぞう》さま、兵助《ひょうすけ》さま、言ってやってくだせえ」

と、左金次は啖呵《たんか》を切るように言うと一歩退き、勇蔵、兵助と呼ばれた若侍が一歩踏み出て、

「それがしは旗本家の久田勇蔵と申す」

ぎょろ目が特徴的だ。風呂敷に包んで持っているのは、件《くだん》の小刀であろう。久田と名乗ったから、権三と助八が左金次を駕籠で運んだ屋敷の者だろう。

「この小刀は紛《まぎ》れもなくわが家重代のものだ。ちと入り用があって、これなる町人の左金次に暫時《ざんじ》質入れを依頼したのだ。さすがに中村屋だのう。町人ひとりじゃ信用できぬと、俺たちにまで足を運ばせるとは」

「おなじく旗本家の荒井《あらい》兵助と申す。町人で頼りなければ、それがしが請人になってもよいと思うて、一緒に参った次第だ。なあに、請け出すのに十日とかかるまいよ」

ぎょろ目の久田勇蔵と対照的に、細目の男だ。

権三と助八がおれば、

『間違《まちげ》えありやせん。あのとき三人つながって明神坂を下りて行った若侍でさあ』

と、証言するだろう。

権三と助八はいまここにいないが、状況からそのときの若侍二人と断定してよいだろう。

「これはこれは、まっこともって恐れ入りますでございます」

平右衛門は店場の板敷きに平身低頭し、

「ご入り用は十両でございましたな。これ、作之助。早う用意しなさい」

「はい、ただいま」

質屋といえど、十両もの大金を常時店場の帳場格子の銭箱《ぜにばこ》に置いてあるわけではない。質入れに来た者に出来心を起こさせないためでもある。

作之助が奥へ入ると、帳場格子の六兵衛は質入証文の作成にかかった。

左金次たちは、この質草の価値を知ってか知らずか、額をつり上げることもなく、

「へへん、中村屋。十日もかからねえ。数日で請け出しにくらあ」

左金次が捨てぜりふのように言い、三人は中村屋を出た。

「慥《しか》と見せてもろうた」

と、店場に出て来た右善に平右衛門は、

「これでほんとうによろしいんでございますねえ」

念を押すように言った。

返答を求めるように六兵衛も作之助も、右善を注視している。

「任せておけ。心配はいらん」

右善は言ったが、盗品であることはすでに判っているのだ。平右衛門たちにすれば気が気でないだろう。祟りや幽霊騒ぎの上に、盗品まで抱えこんでしまったのだ。しかも小刀とはいえ、備前長船派の業物なのだ。

「それでは儂は、いつ火急のつなぎが入るかわからぬで、療治処に戻る。そうそう、竜尾どのが申しておった。きょうも内儀と娘御の見舞いに来るだろう」

と、右善は言いながら中村屋を出た。実際に、岡っ引の藤次はいつ来るかわからない。火急の用で、すでに来て右善の帰りを待っているかもしれない。

平右衛門と六兵衛が往還まで見送りに出た。

低声《こごえ》で右善は二人に言った。本音である。

「あのいわくつきの小刀が中村屋の倉に保管されていると、安心じゃでなあ」

「はあ、どうも」

平右衛門は返した。実際そうなのだ。盗賊への対策は、一般の商家や武家よりも、質屋のほうが強力なのだ。三家しかない質屋仲間惣代の一つである中村屋なら、ますます完璧であろう。

療治処へ歩を取りながら、

(うっ)

右善は瞬時、歩を止めた。

(やつらも、儂とおなじことを考えたか)

思ったのだ。盗品であれば、身近に隠しておくのは危険である。質屋の倉なら安心できる。

すぐに右善の足は動いた。

目の前の枝道に入ると、もう療治処である。

陽はまだかたむいていないが、かなり西の空に入っていた。

中村屋を出た権三と助八は、言ったとおり療治処に立ち寄った。おりよく内神田から来ていた患者が駕籠を求め、権三と助八が出払っているので、留造が表通りへ空駕籠を拾いに、冠木門を出ようとしたところへ帰って来たのだ。

竜尾にすれば、早く中村屋のようすを聞きたかったのに駕籠はすぐに出てしまい、すこし残念そうに見送った。

権三と助八には、この間合いが幸運をもたらすものとなった。

お客の患者は日本橋に近い商家の隠居だった。来るときも駕籠だったらしい。

人通りの多い日本橋の近くで空駕籠になった二人は、どちらからともなく、

「おう、またあのめし屋に行ってみるか」

「そうだな。きのうあれほど幽霊で盛り上がったんだ。なにか新しい話が入っているかもしれねえ」

言うと、空駕籠を担いで枝道に入った。あの駕籠舁き仲間の溜り場になっている一膳飯屋である。

「おっ、権と八の野郎、また来やがったぜ」

「ほんとだ。なんとも間合いのいいやつらだぜ」

と、きょうも幽霊で盛り上がっていた。

「おおう、こっちだこっちだ」

と、手招きする者もいる。

たまたま目撃した刀の掏摸《すり》がいて、それをまた知っている質屋に持ちこもうとして断られ、そやつを駕籠に乗せると、武家屋敷に入って行ったなどという話は、日ごろ威張っている武士を揶揄《やゆ》する、格好の材料である。だがそれは右善から口外無用ときつく口止めされている。療治処以外では、おくびにも出してはならない。そこは二人とも心得ている。

「どうしたい。また幽霊の話、聞きてえのかい」

「あのあと、まだ出ていねえぜ」

権三と助八は言いながら駕籠尻を地につけ、空いている縁台に腰を据えた。

それを待っていたように同業の一人が言った。

「ほれ三、四日前《めえ》よ。明神下に子供の幽霊が出たっていう日よ、それらしい女童《めわらべ》を乗せたっていうのがここにいるぜ」

「そうよ、おめえらきのう、生身の人間が幽霊で、その幽霊が生身だとかなんとか、ややこしいことをぬかしておったろう。そんなのがいる家族を找《さが》しているとか」

「ああ、言った。見つかったかい」

「生身の女の子の幽霊だぜ」

言いながら権三と助八はあたりを見まわした。

「おう、権と八。久しぶりじゃねえか」

と、奥の縁台から出て来た同業二人が、となりの縁台に権三たちと向かい合うように腰を据えた。

権三と助八が神田明神下界隈を中心にかけ声を上げているのに対し、この二人は小石川一帯を根城にしており、ときおり顔を合わせることがある。

その同業二人が競うように話しはじめた。

「明神下のうわさは小石川にもながれていてよ、俺たちも知ってらあ」

「ところがきょうここへ来て驚いたぜ。明神下のおめえらが、女童の幽霊が生身で、生身が幽霊で、ちゃんとした家族があるかもしれねえなどと、わけのわからねえことを話してたっていうじゃねえか」

「そうよ。七、八歳の女の子さ。それが生身で幽霊になって出てよ。ああ、言ってる俺のほうがよくわかんねえ」

権三が言ったのへ、助八が補足するように言った。

「つまりよ、生身の女の子が幽霊に間違えられるような出方をしたのかもしれねえってことよ」

「なんでえ、そんなことかい」

同業の一人が言ったのへ小石川の同業が、

「それそれ、それよ。それらしいのを俺たちゃ小石川の伝通院さんの前から乗せ、明神下まで運んだのよ。はっきり覚えていねえが、三、四日前《めえ》だったなあ。幽霊のうわさを聞いたのはその次の日だったのは、はっきり覚えてらあ」

「そうそう。そのとき、きのうの夕刻そんなのを乗せたなあって話し合ったからよ。だが、ありゃあ、どう見たって幽霊なんかじゃねえ。女の子には違《ちげ》えねえが、それなりに目方《めかた》もあったからよ」

「そう、目方はあった。運んで行くとよ、明神坂の下でしばらく待っておれと酒手をはずんでくれてよ。そうさな、日暮れ時で、いくらか暗くなってからだった。急ぐようにまた戻って来やがってよ」

「それでまた伝通院の前までよ」

「七、八歳の女の子が一人でかい」

と、権三。

「ばっかやろう。そんな小せえのが一人で駕籠に乗ったり、酒手をはずんだりするかい。親父らしいのが一人、それに遊び人みてえのが一人ついていやがった。酒手もけっこうはずんでくれてよ、小石川を出て小石川に戻るんだから、いい客だったぜ」

「その女の子よ。丸くって愛くるしい狸顔で、着物は薄い青地に赤い紅葉《もみじ》の絵柄で、青みがかった帯じゃなかったかい」

と、助八。

「はっきりとは覚えていねえが、そういやあそんな感じだったなあ」

「ほう、ほうほう」

と、助八はうなずき、

「おめえら、ねぐらも小石川だろう。よく会う顔かい」

「いいや。小石川も広《ひれ》えぜ」

権三が焦《じ》れったそうに、

「こんどその客に会ったら、わかるかい」

「いちいちお客の顔は覚えていねえが、また子供連れだったらわからあ」

「そうだなあ。そいつぁ、会ってからの話だ」

と、小石川の同業の返答はいささか頼りなかったが、権三と助八にとっては、大きな収穫だった。もちろん二人のねぐらも訊いた。陸尺町のとなりの小石川水道町《すいどうちょう》の与助店《よすけだな》という裏長屋の住人で、熊五郎《くまごろう》と吉助《きちすけ》といい、熊吉《くまきち》駕籠と自称していた。長屋はいずれも家主の名を付け、他と区別している。

権三と助八は顔を見合わせ、大きくうなずきを交わすと、

「帰《けえ》るぜ」

「明神下に大事な客がいてなあ」

腰を上げた。

「なんでえ、めし喰って行くんじゃなかったのかい」

同業たちの声を背に、ふたたび日本橋から筋違御門までつづく神田の大通りへ急ぐように出た。だが運がいいのか悪いのか、筋違御門とは逆方向の両国方面への客を乗せてしまった。戻り駕籠になると思ったのだが、客は乗ってから行く先を言ったのだ。駄賃を決めるまえに乗りこむのは、言い値を出してくれる急ぎで上客だ。そうでなくても、乗った客に降りてくだせえとは言えない。

両国でさらに川向うの本所《ほんじょ》まで行き、

「こういうときに限って、次からつぎへとお客がついてくれるんだからよう」

「まあ、そう言うねえ。俺たちゃあ、稼げるときに稼いでおかなきゃ、雨の三日も降りゃあ、空模様とは逆に日干しになるんだからよう」

と、筋違御門を抜け、明神下へ戻るのにすっかり時間をとってしまった。

四

右善が中村屋から療治処に戻ったとき、竜尾はすでにお定を薬籠持《やくろうもち》に午後の往診に出かけていた。途中、中村屋にも寄ることだろう。

留造が留守居をしており、右善は、

「ほう、これはのんびりできるわい」

と、療治部屋で薬草学の書物を広げた。薬草の実物が部屋にいっぱいあり、一人でも大いに学べる。こうしたとき、留造が療治部屋に寄りつかないのは、右善に鍼を打たせろと言われるのを警戒してのことである。

これからの冬にそなえ、書物で風邪に効く葛根湯《かっこんとう》の薬草への知識を得ようとしているところへ、

「ほう、旦那。お一人ですかい」

と、権三と助八が空駕籠で冠木門に駈けこんで来た。陽が西の空にかなりかたむいている。

「大事な話がありやす」

と、二人が興奮気味に言うものだから、右善は書物を閉じ縁側から庭へ降り、

「向こうで聞こう」

と、離れに向かった。

そこへうしろ姿が見えたか、

「大旦那！」

と、冠木門のほうから声がかかった。ふり返ると、岡っ引の藤次だった。

ちょうどよかった。右善はきょうの中村屋でのようすを早く善之助と色川矢一郎に伝え、口止めすべきは口止めしておきたかった。

権三と助八も興奮気味なところから、なにやら大事な話を持って来たのだろう。それも早く聞きたい。

「おう。みんな間合いがいいぜ」

と、右善は藤次にもあごで離れのほうを示した。

「おおう。また一緒たあ、やっぱり縁が深《ふけ》えや」

と、藤次は権三と助八を見て駈け寄って来た。

離れの部屋に、四人がそろってあぐらを組むなり権三が、

「いやしたぜ、いやしたぜ。多恵ちゃんたらの幽霊の生身が」

「なに！」

「えっ」

思わず右善は上体を前にかたむけ、藤次もそれにつづいた。

あとは日本橋近くの溜り場で小石川の同業がそうであったように、権三と助八はさきを争うように語った。

駕籠に乗せたのは幽霊の出た日であり、七、八歳という年齢も、青地に赤い紅葉の着物の絵柄も、逢魔時という時間も、すべてが一致している。しかも左金次のねぐらがある小石川が出てきた。

「間違《まちげ》えねえ。多恵とやらの幽霊についていた大人の一人は、左金次だろう」

右善は思わず声に出し、藤次にも聞かせようと、中村屋でのようすを語った。

これで幽霊話と備前長船派の小刀の件が、ほぼ一つにつながった。だが、どのようにからみ合っているのか、そこがまだ判らない。それでも藤次は、

「こいつはすげえ」

感嘆の声を上げ、

「さっそく児島の旦那と色川の旦那に報せなくっちゃならねえ。なあに居所はわかっ

ていまさあ。話すとあの旦那方、きょうもここへ飛んで来やすぜ」

と、腰を浮かせかけた。

右善が慌てて、

「こらこら、ちょっと待て。おめえはまだなにも話していねえじゃねえか。善之助と矢一郎の探索になにも成果はなかったのかい」

「それそれ。忘れていやした」

藤次はあぐらを組みなおし、

「実は、へえ。なんにもねえので。きょうも奉行所に脇差を盗まれたから探索してくれとの依頼はなく、旦那方と手分けして内神田と外神田の質屋をあたったのですが、脇差だけが持ちこまれたってえ形跡もありやせん。それをお報せしようと参《めえ》ったのでやすが。へえ、さようですかい。中村屋に持ちこまれてたんじゃ、まわりの質屋にゃなんにもねえはずで。しかもそれが備前長船派の業物たあ、これも驚きですぜ。さあ、ちょいと行って来まさあ。旦那方になにから話していいかわからねえほどで」

と、ふたたび腰を上げた。満足そうな表情に緊張を刷《は》いた顔になっている。

陽はもう、西の空に大きくかたむいている。

藤次が出たばかりの離れの玄関口に、留造の声が入った。

「お師匠がいまお戻りになり、お客人ならどうぞ母屋のほうへとのことでやすが」

「おう、そうか。いま行く。あとからまたきのうの顔ぶれがそろうでなあ」

「えっ、また善之助さまと色川さまが？」

慌てたように返し、足音が遠のいた。

声だけのやりとりが終わると、右善は権三と助八に向かい、

「善之助と矢一郎が来て、それにおめえたちもそろっているとなりゃあ。また酒の用意が必要じゃでなあ」

「へへへ。これで三日つづけてですぜ。もう、たまんねえ」

「あっしらも同座してよろしいので？」

権三が満面の笑みを見せ、助八が遠慮気味に言った。

「なあに、きょうはおめえらがいなきゃ、話はまえに進まねえ。さあ、母屋に移ろうか」

「え、いまからで？」

「そうよ。竜尾どのも早うきょうの首尾を聞きたがっておいでじゃろ。まず竜尾どのを相手に、順序よく話ができるよう練習しておけ」

「へい」

二人は右善につづいて腰を上げた。

日の入りが近くなっている。

きょうも座敷である。

さっそく竜尾が言った。

「きょうも中村屋さんに行って来ました。聞けば、右善どのがお帰りになったすぐあとでした。お栄さんもお里さんも寝こんだままで、鬱《うつ》がさらに重くなっていました。もう可哀相で。このままでは、ほんとに命に関わるかもしれません。あの古参のお女中お二人も、いまにも寝こみそうで、周囲の奉公人さんたちがすごく気を遣っていました。これじゃお家がかたむくのではと、心配になってきます」

語る竜尾まで、表情に疲れを見せていた。

いまも町には、幽霊のうわさが飛び交っているのだ。午前中、療治処に来た患者たちも、待合部屋で話していた。

「――きのうも夕方、中村屋の前で、なにかボワッと光るのを見た人がいるんだって」

「――えっ、人魂《ひとだま》？　それが中村屋さんの暖簾の中に入って行った？」

などと、話はかってにつくられ、広まっているようだ。それを聞くたびに留造とお定は不機嫌になり、無口になった。この老夫婦の心中には、〝多恵の幽霊〟などあり得ないのだ。

右善が竜尾に中村屋の店場での話をし、権三と助八は日本橋近くの溜り場での話をした。幽霊のうわさには留造もお定も敏感になっている。台所仕事や庭掃除の手をしばしとめ、座敷に入って話に聞き入った。

権三と助八の語った、小石川水道町の駕籠屋である熊五郎と吉助の話には、

「ほれ、ほれご覧なせえ。幽霊、幽霊などと人は言いやすが、生身だったたじゃござんせんかい」

「そうですよ」

と、留造とお定は声をそろえた。

竜尾が言った。

「生身には違いないと思うのですが、それがなぜ二十年近くもまえの多恵ちゃんの姿で……？」

「それでえ、それを思えばつい本物の幽霊が……」

「うおっほん」

権三が言いかけたのを右善が咳払いでとめ、

「それを明らかにするためにも、小石川が重要になって来たということだ」

「そのようで」

と、助八。

竜尾も言った。

「けさ早く来られた、大竹家の松原小重郎さまとおっしゃるご用人も不可解です」

「そのとおり。小刀を抜き取られたの、そいつじゃねえ」

権三が強い口調でくり返した。

陽が落ちたようだ。

「さあ、留造さんとお定さん。善之助さまたちがいつお越しになるかわかりません。台所のほう、お願いしますよ」

「は、はい」

「きょうも同座させてくだせえ」

お定が返事をし、留造が言ったのへ、

「そうしてもらうことになりそうだ」

右善が応えた。

「へへ。熱燗つけるなら、俺も手伝うぜ」

権三が台所へ声を投げた。

「あんたが手伝ったんじゃ、燗ができるまえに中身がなくなってしまいますよう」

お定の声が返って来た。

右善と竜尾は、

「すまんのう。三日連続で母屋を借りてしもうて」

「いいえ。きょうが一番大事な話になりそうです」

と、交わしていた。

五

善之助と色川矢一郎、それに藤次が来たのは、外を歩くには提灯が必要な時分となっていた。

玄関に入るなり藤次が、板敷きで迎えた留造と権三に、

「こいつをかざして筋違御門を通るとよ、あそこの番人め〝今夜も幽霊の警備に行きなさるか〟などと、真剣な顔で声をかけて来やがったぜ」

と、火を消したばかりの御用提灯を振って見せた。

声は奥の座敷にまで聞こえていた。

三人がきのうとおなじように、右善と竜尾、善之助と色川矢一郎を中心に座につくと、まっさきに竜尾が、善之助のすこしうしろに座をとった藤次に、

「ほんとうに御門の番士さんたち、そんなことを言っていたのですか」

「ああ、五、六人で刀を差し、六尺棒まで持った大の男どもが、真剣な顔でなあ」

色川矢一郎が応えた。色川はきょうも黒羽織の八丁堀姿だった。

善之助も言った。

「あの者どもまで、幽霊が出たのを信じているようだなあ」

「まあ」

うわさの広まりように竜尾が驚きの声を上げると、その背後に控えている留造とお定が、

「幽霊なんかじゃありやせんよ」

「そうですよ。生身の人間ですよ。それを今宵、話すんじゃゃないですか」

と、また口をそろえた。

座の取り方がすこし違うのは、昨夜は幾分身を引いていた竜尾が、きょうは前面に出て右善とならんでいることだった。竜尾は医家として、中村屋のお栄とお里が心配

でならないのだ。それを癒す療治方法が、鍼や薬湯でないことを知っているから、右善に〝きょうが一番大事な日に〟と言ったのである。

藤次はすでに、善之助と色川矢一郎に、昼間右善の離れで聞いたきょう一日のながれを詳しく話していた。右善も藤次から、奉行所にも近辺の質屋にも、備前長船派の小刀に関する動きがなかったことを聞いている。だからこの場で、すぐ本題から入ることができた。善之助も色川も、中村屋に持ちこまれた小刀が備前長船派と聞かされたとき、

「――さような業物を常時、腰に差している者がいるのか」

と、驚いたものである。

きょうのながれのなかに出て来た名は、旗本の大竹家の用人で、刀を抜き取られたという松原小重郎、それを中村屋に持ちこんだ遊び人の左金次、その左金次と一緒に中村屋に現われた若侍で、ぎょろ目の久田勇蔵と細目の荒井兵助である。面も割れている。猿回しの場で小刀を抜き取ったのはこの三人であることは、すでにこの場の者には共通認識となっている。

右善がさきほど離れで、

「――その若侍だが、ぎょろ目と細目の組合せではなかったか」

訊いたとき権三と助八は、

「——図星でさあ」

と、応えたものである。

さらにながれのなかに出て来たのは、小石川から明神下へ行きも帰りも町駕籠に乗った七、八歳の女童と、それに付添っていた男二人である。幽霊になったのはその女童で、付き添った男の一人が、

（遊び人の左金次ではないか）

と、これも一同の共通認識のなかにある。

それらのつながりが、まだ闇の中なのだ。そこに〝多恵の幽霊〟の背景が潜んでいることも、一同の共通認識になっている。

右善が最初に、善之助と色川と藤次に披露《ひろう》したのは、旗本の大竹家についてであった。

「つまり、大竹家の用人だという松原小重郎は、明らかに嘘をついている」

「そのとおりでさあ。抜き取られた侍、あんなぎすぎすした痩せっぽっちじゃございません」

右善のすこしうしろに座している権三が喙《くち》を容《い》れたのへ、助八が手で制した。

右善は話をつづけた。

「なんのために嘘をついたか、善之助と矢一郎にはわかるじゃろ」

「はっ」

色川が返し、

「権三と助八が見たという、刀を抜き取られた恰幅《かっぷく》のいい武士とは、おそらく大竹家の当主でしょう」

座に軽い嘲笑《ちょうしょう》が洩れた。

色川はつづけた。

「そこで用人が身替わりになり、町奉行所に探索を依頼するのではなく、ご隠居の児島さまを訪ねた」

「ということは、なにを意味しておる」

善之助が応えた。

「おもてにしてくれるな、と。十両はその口止め料」

右善は松原小重郎が十両を置いて行ったことも、すでに話している。

「場合によっちゃあとでもっと出し、金に糸目はつけぬらしいから、割前《わりまえ》はおまえたちに洩れなく配分しよう」

「うひょーっ」

権三が声を上げたのへ、また助八が手で制した。

「そんな金子《きんす》、受け取れませぬ」

言ったのは善之助だった。

右善が返した。

「おまえらしいのう。ならば妻女の萌《もえ》どのに渡しておこう。八丁堀の組屋敷には付きものの、役中頼《やくちゅうだの》みの一環と思えばよい。それよりもだ、大竹家がどんな役務で当主がどんな人物か儂《わし》は知らぬが、武士は相身互《あいみたが》い。その意を汲んでやろうじゃねえか」

いくらか伝法《でんぽう》な口調になり、

「備前長船派の業物の一件、向後、奉行所で一切口にしてはならぬ。だが、大竹家のことは一応知っておきてえ。幽霊の一件とどう係り合っているか知れねえからなあ。これは善之助と矢一郎、おめえらがあした調べておいてくれ」

「承知」

「はっ」

色川矢一郎と善之助は同時に返した。

右善の言葉はつづいた。

「女童の幽霊に目方があったというのは、これは権三と助八の手柄だ。左金次のねぐらが小石川陸尺町の源兵衛店というのがおもしろい。町駕籠の送り迎えも小石川の伝通院の前だったというからなあ」

「多恵ちゃん、そこに住んでいる！」

留造がいきなり声を上げた。

「そのとおりじゃ。したが、かつて中村屋の養女になっていた多恵なる娘、生きておったなら今年二十七歳というではないか。その歳なら、女童の幽霊さんと親子かもしれねえなあ」

「ううううっ」

留造がうめいた。

部屋の空気が揺れた。

留造だけではなく、一同とも、その予測が当たっているかもしれないと思ったのだ。

さらに右善は言った。

「あした、権三と助八で、小石川陸尺町に出向いてそれらしい親子を找《さが》してくれ。与太の左金次がねぐらを置いているという源兵衛店を中心にな。場所は中村屋の作之助に訊けばわかるだろう」

一同の脳裡に不安が走った。

(もしも、左金次のような男が多恵の亭主だったなら)

右善もそこを懸念した。

言った。

「幽霊の付き添いは男が二人だったというじゃねえか。まだそうと決まったわけじゃねえ。ともかくそれらしい母娘を找すのだ」

「わしも行く」

「あたしも。あたしらが見れば、ひと目でわかりますから」

留造が言ったのへ、お定がつないだ。二人ともひと膝まえにすり出ていた。

「ならねえ!」

右善がまた言った。

「まえにも言ったろう。向こうさんに気づかれちゃまずい」

「そ、そりゃあそうでやすが」

そこを突かれれば、留造もお定も引かざるを得ない。

「へへ。留造さんにお定さんよう。俺たちに任せときねえ。母娘そろって、愛くるしい狸顔を找せばいいわけだ」

権三が言ったのへ、藤次がつづけた。

「おう、権三どんに助八どんよう。俺も手を貸すぜ。ね、旦那、いいでやしょう」

「ふむ」

善之助は肯是《こうぜ》のうなずきを見せた。旗本の大竹家を洗うのは、町奉行所の中でもできないことではない。

ほとんど止まったままだった盃や箸が、ようやく動きはじめた。

竜尾も珍しく盃を口に運んだ。右善も好きなほうだが、量は少ない。竜尾などは口を湿らせただけで、ほおにほんのりと紅がさす。

竜尾が盃を膳に戻しながら、

「ほんとうにきょうは、大事な談合になりましたねえ。まださきに闇があるものの、なにやら解決の道筋が見えてきたようです」

「ふむ、入口の戸が一枚開いたようじゃ。まだ中からなにが飛び出して来るかわからぬがのう」

と、右善も盃を口に運んだ。

権三と助八が、

「今宵はこれでぐっすり寝て、あしたの朝、早めに中村屋に行ってお手代さんに源兵衛店の所在を訊き、そのあたりで客待ちのふりでもしまさあ」

「そのめえに水道町に行って熊五郎と吉助に、もうすこし詳しく訊くのも手だぜ」

「そうだなあ」

と、互いに徳利を盃にかたむけ合った。

「俺もつき合うぜ。おめえら、駕籠に客がつくと、どこへ飛んで行くとも限らねえからなあ」

藤次が言った。もっともなことである。

町場での探索は、権三と助八、それに藤次が中心になりそうだ。

「面体《めんてい》をあらためるのは、わしか定が……」

留造が、まだまっさきに出向きたそうな口調で言った。

「そのときは頼りにしておるぞ」

右善が言ったのへ竜尾もうなずきを入れ、

「くれぐれも先走らぬようにな」

善之助が言ったのへ色川もうなずいた。探索で現場の者がつい踏みこみ過ぎ、対手に覚《さと》られ失敗することがよくあるのだ。

留造が提灯を手に外まで見送りに出たのは、昨夜よりも遅い時分となっていた。

権三が留造から借りたぶら提灯を手に、弓張の御用提灯をかざしている藤次に、

「へへ。その弓張、どこでも通行御免の手形のようなものでござんすねえ」

うらやましそうに言い、母屋の玄関先では竜尾が右善に、

「早う幽霊の背景が明らかになり、うわさが下火になればいいのですが」

やはり医家か、お栄とお里の症状が気になるのだった。

六

翌朝、中村屋では日の出とともに玄関へ朝の挨拶を入れた権三と助八に、

「また出たのか！」

と、奉公人たちは驚いたが、手代の作之助が洗ったばかりの顔を出してようやく落ち着いた。中村屋はいま、全員が神経過敏になっているのだ。

作之助は権三と助八から源兵衛店の所在を訊かれ、

「私が案内しましょう」

と、申し出たが、番頭の六兵衛に止められた。六兵衛はきのうから権三と助八が右善の差配で動いているのを知っており、要請がない限り余計なことはしないほうがい

いと判断したのだ。朝早くに源兵衛店の近くで、作之助が左金次とばったり顔を合わせれば、

（中村屋め、なにやら疑ってやがる）

と、警戒心を持たせることになるだろう。右善が留造とお定を引き止めたのとおなじ理由であり、賢明な判断だった。

実際に、陽がかなり高くなってからだったが、権三と助八は左金次とばったり顔を合わせたのだ。

そのまえに二人は源兵衛店の所在だけを確認すると、となりの水道町の与助店に熊五郎と吉助を訪ねた。きのうの話をもっと詳しく聞こうとしたのだ。

熊五郎と吉助は奥の井戸端で顔を洗っていた。

「あれ？　三八が来たぜ」

「えっ、早《はえ》えじゃねえか。どうしたい」

「朝の早いお客を伝通院まで乗せてよ。朝の勤行《ごんぎょう》らしい」

「おかげで、朝早くにたたき起こされたぜ」

と、駕籠屋ならどんな時間にどこへ行こうが、こうした理由が自然に成り立つ。もちろん疑う者はいない。そのながれでついでにといった感じで、

「きのうの話だがよ」

と、話を切り出した。

長屋で朝から男同士の井戸端会議となった。長屋のおかみさんが二人、すぐ横にしゃがみこみ、洗い物をしながらおしゃべりをしていた。

四人の駕籠舁きは立ったままだ。

新しい話はなかったが、しゃがみこんでいたおかみさんが、

「ああ、その親子なら知ってるよ」

と、顔を上げた。

「えっ」

権三と助八は、そのおかみさんに視線を向けた。

おかみさんは言った。

「狸顔なんてかわいそうだわね。まあ、おっ母さんも娘もぽっちゃりと丸顔で目がくりくりしているから、狐顔とは言えないけどね」

「ああ、多恵さんとこかえ。そういやあご亭主が、あんたとこと同業で、奉公先がとなり同士だったねえ」

と、女同士の話になった。

そこに〝多恵〟という名が出た。

「ほう」

「ほうほう」

と、権三と助八は声を上げ、あらためて訊こうとすると、おかみさんたちのほうから、

「それをなんだね。さっきから聞いていると、幽霊がどうのこうのと。あそこはそんなみょうな家族じゃないわさね」

「足もちゃんとあるよ。まったく、縁起でもない」

と、怒ったように言った。

熊五郎と吉助もそろって、権三と助八を詰《なじ》るように、

「ほれ見ろい。俺たちが乗せたのは、子供だが生身の人間だったって言ったろう」

「まったくおめえら、ややこしいことを言いやがってよ」

権三と助八はそれに合わせ、

「すまねえ、つい明神下の幽霊と重なっちまってよう」

「そう、そうなんだ」

と、あとふたつみっつ問いを入れてから与助店の路地を、駕籠を担ぎ逃げるように

出た。

大収穫だった。

娘は今年七歳でお景《けい》といい、亭主は粂次郎《くめじろう》といって、母親の多恵の年齢も療治処で聞いたとおり、

「そうさねえ、二十七、八ってところかねえ」

と、おかみさんの一人が言っていた。

亭主の粂次郎というのは、伝通院の門前に近い菊屋《きくや》という料亭で、通いの包丁人をしているとか。さっきの与助店の井戸端で、最初に〝その親子なら知ってるよ〟と声をかけて来たおかみさんの亭主も包丁人で、菊屋のとなりの料亭に出ているらしい。それでよく知っていたのだ。おなじ裏長屋に暮らしていても、熊五郎と吉助は駕籠舁きで昼間はほとんど出払っており、おかみさん連中と話す機会などほとんどないようだ。だから駕籠に乗せた小さな客が、おなじ長屋のおかみさんの知り人の娘だったことも気がつかなかったのだ。町々のうわさには詳しい駕籠屋でも、足元のことには案外暗かったようだ。

与助店の路地を出ると、駕籠を担いだ歩を進めながら権三が首だけふり返り、

「明神下のみんな、聞いたら喜ぶぜ」

「そうともよ」

助八は返した。

幽霊の正体が判った。多恵の娘だったのだ。幽霊が七、八歳だったことに辻褄《つじつま》が合う。それに〝喜ぶぜ〟と言ったのは、多恵には包丁人という歴とした職を持った亭主がいたことだ。遊び人の左金次などと一緒になっていたのではなかった。

路上で話すのに、権三は右善や竜尾の名は出さず〝明神下のみんな〟と言い、即座に助八が応じたところなど、二人ともも一端《いっぱし》の岡っ引である。これなら他人《ひと》に聞かれても、なんら奇異に思われることはないだろう。

いま二人の胸中にあるのは、

(早く療治処に帰って第一報を知らせたい)

その一点である。それからさきの判断は、右善や竜尾がするだろう。

小石川水道町からなら神田明神下へ帰るのに、陸尺町をまた通ることになる。足はすでに陸尺町に入っている。

権三がまた首だけふり返った。

「ついでだ。ちょいと近くを通ってみようかい」

「おう」

助八もまた応じた。

水道町の与助店で聞いた多恵と粂次郎夫婦のねぐらは、陸尺町の栄助店《えいすけだな》という裏長屋で、左金次がとぐろを巻いている源兵衛店の近くだった。その所在を確かめておこうというのである。

亭主の粂次郎が通い奉公をしているという菊屋は、けっこう格式のある料亭で、駕籠屋なら当然知っている。わざわざ所在を確かめる必要はない。

栄助店のほうに向かってすぐだった。

「おっ」

「どうしたい」

前棒の権三が不意に足踏みし、後棒の助八が均衡を失い、声をかけた。客を乗せているときなら、駕籠尻を地につけていただろう。

すぐ前面の角を左金次が通り過ぎたのが見えたのだ。駕籠を担いだまま、まだ足踏みをしながら権三が再度首だけふり返り、

「さっきそこを左金次が……」

「おっ、藤次どんが」

言いかけたのへ助八がさえぎるように言った。

「えっ」

と、権三はとっさに前へ向きなおった。

角に、藤次の姿が見えた。

藤次も二人に気づき、走り寄って来て、

「おう、ここにいたかい。別ものを見つけちまった。わけはあとだ」

言うなりまた戻り、角を曲がった。

明らかに藤次は、左金次のあとを尾けていた。

権三と助八はその場で駕籠尻を地につけ、

「おかしいぜ。藤次どん、左金次の面を知っていたかい」

「いいや、知らねえはずだ」

「わけはあとでなどと、みょうなことを言ってやがった。どうする、八よ」

「なにか考えがあるんだろう。邪魔しちゃいけねえ。俺たちはこのことも一緒に、ともかく明神下へ」

「おう」

助八が言ったのへ権三は応じ、駕籠尻が地を離れた。

かけ声とともに空駕籠のまま急いだ。

左金次と藤次が消えた角の先には、多恵と粂次郎の夫婦とその娘のお景が住んでいるという栄助店がある。路地まで覗《のぞ》かなくても場所は確認したのだ。母娘の顔も狐と狸に分類すれば狸のほうであることも、与助店のおかみさんから聞き出している。あとの確認は、留造とお定の仕事である。

急いだ。

陽は高くなっている

療治処ではすでに患者が来て、竜尾と見習いの右善が療治部屋に入っていた。

庭から留造が薬草篭《かご》を小脇に、

「それじゃお師匠。ちょいと煎じ薬を届けて来ますじゃ」

「はい。お願い」

竜尾は反射的に返し、

「えっ、どこへ？」

すぐに驚いたようにつぶやいた。竜尾は留造になにも命じていないのだ。

お定を呼んだ。動作がおかしい。

「右善どの、すぐ連れ戻してください」

「おう」

右善はとっさに解し、縁側から飛び下り、庭下駄をつっかけ冠木門を走り出た。

もろ肌を脱いでいた年寄りの患者が、

「どうされたのじゃ」

「ええ、患家を間違わないようにね」

竜尾が言いこしらえたのへ、療治部屋に呼ばれたお定は落ち着きを失っている。

留造はお定と示し合わせ、小石川へ〝多恵の幽霊〟を確かめに行ったのだ。

右善はすぐに追いついた。

留造の腕をつかみ、

「料簡はわかっておる。行っちゃならぬ」

「行かせてくだせえ。早く行って確かめ、悪戯《わるさ》をやめさせたいのじゃ」

「ならんと言ったらならぬ」

留造はいつになく頑固《がんこ》に抗《あらが》おうとする。往来人がふり返る。それらの多くは顔見知りだ。心配して声をかけて来るかもしれない。応酬《やりとり》の内容に疑念を持つ住人が出るかもしれない。

（まずい）

右善が処理に困ったところへ、町駕籠のかけ声が聞こえた。

権三と助八が帰って来たのだ。

「なんでえ、留の父《とっ》つぁん。旦那になにを逆《さか》らってんだい」

声をかけたのは権三だった。

後棒の助八が言った。

「留造どん、出番だぜ。さあ、わけは療治処で話さあ」

「ほっ、そうか」

そのようすから右善は、権三と助八が首尾よく仕事をしたことを覚《さと》った。

留造も気づいたようだ。

「で、どこに」

「ともかく帰《けえ》ってからだ」

「へえ」

助八が言ったのへ留造は返し、来た道の先頭に立った。

冠木門はすぐそこだ。

入った。

患者のいるところでは話せない。

庭で一行は療治部屋と待合部屋の前を素通りし、裏手の離れに向かった。

「あらら」

待合部屋にいた患者が物音に障子を開け、裏へまわる駕籠に声を上げた。

療治部屋の障子も開き、お定は安堵の表情になった。

陽は中天にかかり、昼餉の時分となった。

座は権三と助八も一緒に母屋の居間に移った。竜尾とお定も、ようやく事態を聞くことができた。さっきから、すでに離れで話を聞いた留造が、急《せ》くように落ち着きを失っているのが理解できた。居間で聞きながらお定もそわそわしだした。

留造が右善に視線を向けた。

「旦那! 行かせてくだせえ、小石川陸尺町の栄助店へ。よござんしょ、お師匠!」

「あたしも、一緒に!」

留造の言葉にお定もつづけ、腰を浮かせようとしている。

早く行って、確かめたいのだ。それに権三と助八の話に、お絹が出て来なかった。それも直接自分たちが行って確かめたい。留造に〝よござんしょ〟と迫られ、お定に見つめられても、そこが母屋の居間とはいえ竜尾に返事はできない。

右善は言った。

「ならぬ。いましばし待て」

留造とお定は、露骨に不満顔をつくった。

だが、権三と助八、それに竜尾にも、右善の心情は理解できた。いまここで最も焦っているのは、右善なのだ。

陸尺町で藤次と出会ったときのようすから、あのあとすぐ藤次が権三と助八を追い、冠木門を走りこんで来ていてもおかしくない。ところが、まだなんの音沙汰もない。

（おかしい）

一同が思っても不思議はない。

右善にしては、ここまで来たうえは、すべての状況を把握してから留造とお定を多恵にぶつけ、まだ小さな娘のお景に幽霊を扮《こしら》えさせた理由を、また左金次との係り合いを一挙に解明したいのだ。それができれば、左金次と若侍たちの係り合いも解明できるかもしれない。もちろん、左金次が愛宕権現社の石段で、田嶋屋の千吉郎を突き落とした一件に、多恵が係り合っていたかどうかの解明にもつながるだろう。慎重に、完璧にコトを右善は進めたいのだ。

左金次と藤次が向かっていた方向から、行く先が多恵たちのいる栄助店だったことは容易に推察できる。それとも、ほかにまだ係り合っている者がいるのか。藤次が冠木門を駈けこんで来るのが待たれる。

焦りのなかに昼餉を終え、

「権左、助八。もう一度、小石川に行ってようすを見て来い」

「へいっ」

「がってん」

右善に言われた権三と助八が勢いよく腰を上げたときだった。

と、藤次が冠木門から母屋の玄関口に声を投げた。

「戻っているかい」

善之助と色川矢一郎が一緒だった。

七

いつもの顔ぶれがそろった。昼間だが、療治処の座敷での談合はこれで四日つづきになる。色川は腰切半纏《こしきりばんてん》の職人姿だった。善之助は八丁堀姿だが、療治部屋にも待合部屋にも患者はおらず、役人が来たと注視を受けることはなかった。

「留造さん。午後の往診、三件あります。それぞれ患家《かんか》にすこし遅れるからと伝えておいてくださいな」

「へえ」

留造はすでに、右善の離れで小石川のようすは聞いている。左金次のあとを尾けた藤次、それに善之助たちがどのような話を持って来たか気になるが、竜尾に言われ急ぐように腰を上げた。

「さあ、まずは小石川からだ。順序よく、さっきの話をもう一度するのだ」

「へいっ」

右善に言われ、一同の注視を浴び、権三と助八は話しはじめた。三度目だから順序よく話せた。

聞き終わり、

「うーむ。生身の女童の幽霊とはそういうことだったのか。そのお景という娘、よほど母親の多恵に似ているのでしょうなあ」

「そういうことになる」

色川が言ったのへ右善が返し、竜尾も、

「理由《わけ》はどうであれ、七歳の女の子を幽霊に仕立てるなど、感心できることではありませぬ。そのとき、多恵さんはどうしていたのでしょう」

「その疑問も、このあとすぐ解けよう。藤次、権三と助八から聞いたが、あのあと左金次を尾けたときのようすを話せ」

「へい」

右善は藤次に視線を向けた。

「そうそう。なんであのとき、左金次を尾けていなさった」

助八が右善の言葉をあと押しした。

藤次は出番を待っていたように話しはじめた。ここからさきは右善も権三も助八も、まだ聞いていないのだ。

「あやつが左金次だったとは、いま権三どんと助八どんの話を聞いて初めて知り、驚いているところでさあ。いやあ、あっしはけさ方、小石川陸尺町の源兵衛店のあたりに行きゃあ、権三どんと助八どんが来ているはずだと思い、住人に源兵衛店の所在を訊き、近くまで行ったのでさあ。すると左金次が路地からぷいと出て来たのでさあ。いま考えりゃ、そこが源兵衛店だったのでやすねえ。旦那、これ、あっしから話してもよござんすかえ」

藤次は善之助に伺《うかが》うように視線を向け、善之助はうなずいた。

江戸府内に、凶暴性を帯びた掏摸《すり》が出没していた。牢内にいる掏摸を糾問しても、そやつの存在は知っていても、名も面《つら》もわからなかった。どうやらどの親方にも属さない、一匹狼のようだ。掏摸でこういうのが最も捕えにくい。しかもそやつは町方の支配が及ばない大きな寺社の境内で、それも日暮れの逢魔時に出没する。帰りを急ぐ参詣客のふところを狙うのだ。その場で気づかれれば匕首《あいくち》で刺し、薄暗くなりかけたなかに逃走する。すでにそれで命を落とした参詣人が二人いる。市ヶ谷《いちがや》の八幡宮と神楽坂《かぐらざか》の善國寺《ぜんこくじ》の境内だった。むろん、刺されずとも寺社近くの自身番に掏摸被害の届けは数多く出されており、その半数近くがそやつの仕業と見られた。寺社地では町奉行所は手が出せず、寺社奉行の松平乗完《まつだいらのりさだ》も困惑していた。

二月《ふたつき》ほどまえになる。善之助は藤次をともない、芝増上寺《しばぞうじょうじ》の大門《だいもん》の大通りを微行《びこう》していた。広場のような大通りで、いつも大道芸人や物売りが出て参詣人や行楽客で賑わっている。

いかにも遊び人といった風情の、挙動不審な男に目をつけた。どうやら、小僧をお供に連れた商家の旦那風の男を尾けているようだ。そこに善之助と藤次は気づいたのだ。腕のいい掏摸は行きあたりばったりに人のふところに手を出すのではなく、狙いを定めた相手を尾行し、人混みに入り気があたりに散ったところで横合いから、他人に押されたように身を寄せ、瞬時にふところのお宝を抜き取る。

「──くそっ」

善之助は舌打ちした。旦那風が大門を入り、遊び人風もそれにつづいたのだ。大門の内側は寺社地である。

「──旦那。あっしがちょいと」

善之助は大門の外側で待ち、藤次が一人で尾けた。大門の外側は門前町で、町方の動きにくい土地である。

大門の内側も人のながれは多い。

こんどは藤次が心中につぶやいた。うしろから慥《しか》とは見えなかったが、遊び人風が旦那風に横合いから軽く肩を寄せ、すぐに離れたのだ。そのあと藤次は境内で男を見失った。

(──やりやがった)

大門の外側の自身番に、掏摸被害の届けが出された。

その日の収穫は、善之助と藤次が男の面体《めんてい》を慥《しか》と覚えたことだけだった。

一月後《ひとつき》、増上寺に隣接している飯倉神明宮《いいくらしんめいぐう》の境内でも、おなじことがあった。

善之助と藤次のイライラは募った。善之助と藤次だけではない。町方の者ならいずれもが支配違いに悔しい思いをしているのだ。

「小石川の陸尺町で、そやつがひょいとあっしの目の前に出て来たのには驚きやしたぜ。向こうはあっしに気づかなかったのかって？　これまで二度尾行しやしたが、こっちの面を覚えられるようなヘマはしてやせんや」

藤次は言い、善之助がうなずいた。

権三たちと藤次の話をすり合わせて判ったことだが、そのとき左金次が訪ねたのはおなじ陸尺町の裏長屋、栄助店だった。左金次は多恵と粂次郎の夫婦を訪ねたのだ。もちろんそのとき、藤次はそこに女童の幽霊に仕立てられた女の子がいることなど知らない。それも、さっきの権三たちの話で知ったのだ。

藤次は、悔しい思いをさせられている一匹狼の所在に出会ったものだから、

「ともかく旦那に知らせなきゃあと思い、そこから常盤橋《ときわばし》御門の北町奉行所に取って返したのでさあ」

それで藤次は、権三と助八を追うように明神下には来なかったのだ。

つぎは善之助の語る番である。

「いやあ、藤次の報告を受けたときは驚きました。これこそ瓢簞《ひょうたん》から駒《こま》ですよ。そやつがまたこたびの一件に係り合っているとは、二重の驚きです。愛宕権現の石段か

ら田嶋屋の千吉郎を突き落として殺したのは、もう、その左金次と見て間違いないですよ。そこに多恵や備前長船派の小刀の一件が、どう係り合っているのか。抜き取られた旗本の大竹家ですが、色川どのと手分けし、奉行所内の旗本名鑑ですぐ判りました。同僚のなかに直接知っている者もおりまして」

と、善之助は横にあぐらを組んでいる色川矢一郎に視線を向けた。

「ならばあっしが。これも瓢箪から駒に近いものがありやしたぜ」

と、色川は職人姿に合わせた伝法な口調で語った。

湯島天神の北側の武家地に、確かに四百石取りの旗本、大竹家の屋敷があり、松原小重郎という用人がいて、痩せ型で目のぎらぎらした侍だという。右善が離れで面談したのは、確かにその人物だった。当主の大竹将監《しょうげん》は五十がらみで恰幅がよく、おっとりとした人物らしい。

「そう、それからどうした」

「間違《まちげ》えありやせん」

色川の話に権三と助八は同時に身を乗り出した。

役職は幕《まく》奉行だという。

「なんですかい、それ」

権三が問いを入れた。町奉行ならおなじみだが、権三や助八にとっては初めて聞く幕府の役職名である。

文字通り、将軍家の幕を管理する役職である。戦時においては陣幕を、平時には花見や鷹狩りのときに使う幕の調達、保管が仕事である。

つまり……閑職である。

だからなおさら、

「――常在戦場の気概を示すため、常日ごろからお家重代の大小を腰に帯び、気を引き締めているのでござる」

と、当人は言っているらしい。

色川は話をつづけた。

「それが老中松平定信《まつだいらさだのぶ》さまのご改革にある〝柳営《りゅうえい》（幕府）の紀綱《きこう》を振粛《しんしゆく》し、武芸を振興する事〟に合致し、旗本のあいだではけっこう評判になっているとか」

「あははは」

権三が笑い声を上げた。助八は笑いを懸命に堪《こら》えている。

だが、右善も竜尾も真剣な表情だった。

その評判の刀を、猿回しを見ていて掏摸に抜き取られたのにも気づかなかったとあっては、やはり大竹将監は世間の笑いものになり、役職召し上げどころか切腹かもしれない。武士としてこの上ない恥辱《ちじょく》である。

そこで用人の松原小重郎を身替わりに立て、元隠密廻り同心の児島右善に、内密に探索を依頼して来たことになる。いまその小刀は中村屋の質倉にある。

その小刀の持主や請人《うけにん》になった久田勇蔵に荒井兵助という若侍二人の身許も、善之助と色川矢一郎は調べていた。このうち久田家には、権三と助八が左金次を中村屋から乗せ、所在を確認している。荒井家も中村屋に入れた質入証文に記したとおり、久田家とおなじ武家地に屋敷がある。そこも庭に長屋を建て、貸家にしていた。

留造が遣《つか》いから帰って来て、そっと座に加わった。

当主はそれぞれ久田孫兵衛《まごべえ》と荒井又八郎《またしろう》といい、ともに百石取りの無役の小普請組《こぶしんぐみ》で、庭に貸家を建てねばならないほど、家計は苦しい。若侍二人にはもう一つ、共通点があった。二人とも次男坊だった。将来は暗い。家督は継げず、養子の口でもない限り、嫁取りもできないまま長兄の部屋住《へやずみ》として一生を終えるのみである。

竜尾が暗い表情で言った。

「その二人が、なにゆえ左金次なる者などと結託するような?」

「それを示唆《しさ》しそうなものが、一件ありまさあ。きょうこの形《なり》で、裏も取りやした」

色川はあぐら居のまま腰切半纏の手を広げて見せ、

「幕奉行の大竹屋敷は、賭場《とば》を開帳していやした」

すらりと言った。珍しいことではないのだ。

旗本で四百石、五百石を食《は》んでいても、若党や足軽の、いざ戦時の場合の戦闘要員や、中間、腰元など相応の奉公人を、召し抱えておかねばならない。平時ではこれが家計を圧迫するばかりである。俸禄だけではとうてい賄《まかな》いきれない。だから内職をするか庭に長屋を建てて町人に貸すか、あるいはやくざ者に中間部屋を開放し、賭場を開かせ席主《せきぬし》として寺銭《てらせん》を稼ぐのである。

武家地に町方の手が及ばなければ、客も町場の賭場より安心して遊べる。

「ふむ。仕方のないことじゃのう」

「まあ」

右善の博奕を容認するような口ぶりに、竜尾は軽い驚きの声を洩らした。

だが右善は、決して容認しているのではない。ただ、支配違いで町方が踏込めないだけのことなのだ。武家はそうでもしなければ、石高に応じた体面が保てず、日々の生活《たつき》も成り立たないのである。

これで背景はすべてではないが、ほぼ判った。

右善は言った。

「打込むぞ」

「おーっ」

一同は低く感嘆の声を上げた。

さらに右善は言った。

「竜尾どの。悪いがきょうこのあとすぐ、儂につき合《お》うてくれ。お定もだ。往診はそのあとじゃ」

「わかりました」

「旦那、いったいどこへ」

お定の問いを無視するように、

「色川は大竹屋敷でのつぎの開帳はいつか、聞き込みを入れてくれ」

「承知」

「留造はこれから小石川陸尺町の栄助店に出向き、多恵を確かめよ。間違いなく多恵であったなら、ようすを見て踏込むもよし。矢一郎はその形《なり》で陸尺町の源兵衛店と栄助店のあたりを巡回し、左金次が出て来たときに備えよ。不測の事態が発生した場合は、処置をその場での判断に任せる」

「い、い、い、いいんですかい！」

　留造は興奮状態になっている。

「権三と助八は、留造を助《す》けよ」

「がってん」

「あっしは？」

　藤次が言った。

「藤次は善之助と一緒に儂の離れの部屋に待機せよ。きょうこれから、事態はどう動くか知れぬ。それに備えるのだ」

「承知」

　善之助は返したが藤次は不満そうに言った。

「あの若侍二人は、放っておいていいんですかい」

「藤次。療養処《ここ》の離れが本陣になる。いくさ場で本陣を固めておく役務ほど重いものはないのだぞ」

「へえ」

　善之助に言われ、藤次は首をすぼめた。

四　許せぬ悪党

一

陽は中天を過ぎている。

療治処の冠木門は閉じられ、潜り戸の小桟《こざる》だけが、外からも開けられるように上げられている。母屋は無人で、人の気配は裏手の離れだけである。

善之助から、ここが〝本陣〟と言われても、やはり藤次は、

「どこかから、助《すけ》っ人《と》の要請は来ねえでしょうかねえ」

と、留守居にまわされたことに不満顔だった。

そのような藤次に、若い善之助のほうが言っていた。

「落ち着け。すべてが同時に動き出したといっても、全部が思惑どおりに進むわけで

はない。時を経ても戻って来ないところがあれば、こちらからようすを見に行く。そのためにわれらがここに控えておるのだ」

「どのくらいの時で」

「だから、それを測るのも、われらの役務だ。そわそわするのは、熟練のおまえらしくないぞ」

「へえ」

と、また藤次は首をすぼめた。

実際に、すべてが同時に動いている。

職人姿の色川矢一郎は、幕奉行の大竹屋敷を中心に、賭場開帳の日を聞き出せそうな相手を求め徘徊《はいかい》している。

白壁のつづく閑静な武家地の裏手には、一見、不似合いなそば屋や汁粉《しるこ》屋の屋台がよく出ている。人通りの多い町場よりも、かえって客がつくのだ。汁粉屋ならおもに腰元衆が、そば屋なら中間《ちゅうげん》たちが、裏門から出て来てはほんのすこし奉公から離れ、腰元衆は甘味に舌鼓《したつづみ》を打ち、中間たちはのど越しを味わう。形式に縛られた武家奉公への抵抗といえば大げさか、ほんのわずかな楽しみである。このときに腰元や中間たちは、屋台のおやじから町場のうわさを聞いたり、また外部へのつなぎなどを依頼したりする。

色川が大竹屋敷での賭場の開帳を聞き込んだのは、そうした汁粉屋だった。腰元たちが話しているのを聞いたのだ。しかし、大竹屋敷からかなり離れていた。それだけ広くうわさされているわけだが、日時まで聞き出すには、やはり近くまで行かなければならない。いわば色川にとって、この探索は汁粉屋のつづきのようなものである。

だから右善はそれを、藤次ではなく色川に託《たく》したのだ。

いま股引《ももひき》に腰切半纏《こしきりばんてん》の色川がそばを手繰《たぐ》っているのは、大竹屋敷の裏門の脇に出ている屋台であり、

「あっしはこの向こうのお屋敷に出入りさせてもらっている植木屋でやすがね」

と、話しかけたのは、その裏門から出て来た二人組の中間だった。

「おめえさんがたのそれ、あっしにおごらせてくれやせんかね」

「なんでえ、みょうな野郎だなあ」

「へへ。つまり、これでさあ。こんどはいつですかい」

色川は左手で碗を持ち、右手で壺を振る仕草をした。

「おめえ、知ってるのかい」

「へえ、まあ好きなほうで」

と、いくらかやりとりがあり、

「三日置きだから、きょうだ。日の入りの暮れ六ツの鐘が鳴ってからだ。ただし、誰か紹介するお客と一緒じゃねえと、潜り戸は開けられねえぜ。まあ、俺たちが裏門の門番やってっから、遊びに来ねえ。軽く三回、それを二回つづけて叩きねえ」

そば一杯で話すのだから、ずいぶん不用心な賭場である。それだけ武家屋敷での賭場は、支配違いの壁に厚く守られていることになる。

門番の中間は市助《いちすけ》と千吉《せんきち》といい、色川矢一郎は八矢《はちゃ》と名乗った。

「その代わりよ、いい目が出たら祝儀をはずんでくれなきゃ困るぜ」

「いいともよ。五割の割前《わりまえ》ってのはどうだい。お二人で分けてくんねえ」

「おっ、気に入ったぜ。なんならおめえさんも誰か誘って来ねえ」

と、中間二人はそれぞれ二杯ずつそばを手繰った。市助と千吉はみずからも小博奕を打っているのか、どこの賭場でも初顔の客には胴元が気を利かせ、損をさせないことを知っているようだ。

裏門の外でそのようなやりとりが進んでいるとき、その屋敷内では右善が用人の松原小重郎と対座していた。

表門の門番をとおし、右善が名を告げると、松原小重郎は即座に反応した。

通されたのは母屋の玄関に上がってすぐの客ノ間だった。

松原は右善の不意の訪《おとな》いに緊張を隠さなかったが、竜尾とお定が一緒なのを見て、右善が鍼医の往診を装《よそお》って来たことを覚《さと》り、

「これはかたじけない」

と、まずは礼を述べ、

「当家のあるじはいま臥《ふ》せっておりましてな。療治処の師匠を伴《ともな》われたは重畳《ちょうじょう》やもしれぬ。場合によっては診立てを願うかもしれぬ。都合を訊いてまいるゆえ、しばし待たれよ」

と、一度奥に消えた。用人の松原にすればあるじの大竹将監に、刀の探索を依頼した右善が療治処の鍼医と一緒に来たことを、事前に伝えておきたかったのだろう。屋敷内でも、小刀を抜き取られたのはあるじの大竹将監ではなく、あくまで用人の松原小重郎になっているはずでふる。あるいは紛失そのものを、屋敷ぐるみ秘匿しているのかもしれない。

松原小重郎はすぐに戻って来て、

「あるじが申すには、ちょうどよかった、診てもらいたい、と。よろしいかな」

などと言うではないか。それも用意よろしく、腰元をともなっていた。

「それでは、どうぞ。ご案内いたしまする」

と、廊下に端座した腰元は、竜尾に向かって言った。

そもそも竜尾に同行を頼んだのは、確かに往診を装い刀の探索を周囲に知られないようにとの、右善の配慮であった。だがもう一つ、なんらかのかたちで大竹将監に会い、かばってやるのに値《あたい》する人物かどうか、値踏《ねぶ》みするのも目的の一つだった。しかしそれは、故意か自然の成り行きか、松原小重郎に封じられてしまった。松原にすれば、右善が直接あるじの大竹将監に会い、虚構のばれるのを恐れているのであろう。

右善は松原から聞かされたとおり、あくまで小刀を抜き取られたのは用人の松原小重郎本人として、事の処理に当たろうとしているのだが……。

松原は、竜尾と薬籠持のお定が腰元にうながされ、客ノ間を出るなり、

「して、いかがでござった。目算《もくさん》はつきましたか」

と、端座の姿勢で上体を前にかたむけた。

とっさに右善は、

（大竹将監どのの値踏みは竜尾どのに）

と、決し、

「名うての掏摸《すり》と思われるゆえ、すでに目串《めぐし》を刺したのが二、三ござる。巾着より刀を狙うとは、単なる物盗りではござるまい」

「ううっ」

松原小重郎はうなった。それはあるじの大竹将監から打ち明けられたとき、まっさきに感じたことである。だが大竹家がいずれかより恨まれる心あたりはなかった。なにぶん、利権のともなわない閑職なのだ。松原は右善を凝視し、

「ふむ。して」

ひと膝まえにすり出た。

「ともかく町奉行所を動員できぬゆえ、儂《わし》の手の者だけで慎重に探索しておるで、いますこし時間をいただきたい。なあに、必ず取り戻す。ご安堵あれ」

右善の口調は自信に満ちていた。すでに所在を突きとめているのだ。しかも、保管は右善から見ても、最も安全な場所である。

話をつづけた。

「よって、抜き取った者よりいかなる些細なことであっても、つなぎがあればお知らせ願いたい。あるいは、もうなにかありましたかな」

「ござらぬ。あれば、即刻それがしが療治処に走りもうす」

右善の大竹家での話はそこまでであった。あとは竜尾の療治が終わるのを待つのみである。

このあいだにも裏門の外では、八矢の色川矢一郎がそばを手繰り終えていた。寸刻も早く大竹家での賭場開帳がきょうであることを右善に報《しら》せたい。右善と竜尾が大竹家に訪《おとな》いを入れることはわかっているが、そこまで訊くのはかえって危険である。ひとまず療治処へ戻ることにした。

奥の部屋で竜尾が療治を終えたのは、客ノ間での話が終わり、しばらくしてからだった。形ばかりの鍼療治ではなかったようだ。

松原は表門まで出て、鍼師一行を見送った。

来るときは竜尾とお定がならんで歩き、そのうしろに右善がさも見習いといった風情でついていたが、いまは右善が竜尾とならび、そのうしろにお定が薬籠を小脇につづいた。つぎの患家までの短いあいだである。右善が訊くよりも早く、竜尾は歩きながら低声で言った。

「本物の気の病でした。それも、中村屋のお栄さんやお里ちゃんとまったくおなじ症状で……。将監さまは、親戚に、ちと頭の痛い揉め事が生じてなどとおっしゃっていましたが。もちろん、わたくしのほうからしつこく訊いたりはしておりません」

大竹将監にすれば、屋敷の用人を身替わりに立てたものの、自責の念に駆られているのであろう。根は正直者と思われる。そして松原小重郎は、忠義の用人と言えそうだ。竜尾は、立派に値踏みの役務を果たしたようだ。

「それでは儂はこれで療治処に戻るゆえ、あとはよしなに」

「は、はい」

この数日、療治処は本物の鍼療治以外は、右善の差配で動いているのだ。その右善の胸中をいま占めているのは、

(留造の首尾はいかに)

であった。留造は権三と助八の駕籠に乗り、多恵の確認に行っている。

明神下に戻った右善が、療治処の冠木門の潜り戸に手をかけようとすると、

「おっと」

中から勢いよく開けられた。

留守居だった善之助と藤次は、早めに帰って来た色川矢一郎から、大竹屋敷での賭場開帳が今夜であることを聞かされ、切羽詰まったものを感じた。

善之助は言った。

「──そこに左金次どもが、なんらかの動きを見せるかもしれんぞ」

「──あっしもそう思いやす」

「──俺もそう思ったから、急いで帰って来たのだ」

藤次と色川矢一郎はつづけ、寸刻も早く右善にそれを知らせようと、藤次が町場へ飛び出そうとしたところへ、右善が帰って来たのだ。

「おっ、大旦那。ちょうどよござんした。いまから大旦那を找《さが》しに行くところだったのでさあ」

「なに？　なにかあったのか」

「賭場、賭場でさあ」

藤次は潜り戸へ引きこむように右善の袖を引いた。

奥の離れでそれぞれの首尾を話し、部屋がにわかに緊張したなかに右善は言った。

「おまえたちの予測に間違いはあるまい。左金次らめ、今宵、大竹屋敷に何かを仕掛けるはずだ。矢一郎がそこへ潜入する段取《だんど》りをつけたのは上出来だ。あとはそこに多恵が係り合っていねえかどうかが気になる。藤次」

「へいっ」

「場所はわかっているだろう。留造のようすを見て来い。近くに権三と助八がいるはずだ」

「がってん」

あらためて藤次は療治処を走り出た。

部屋に残った右善は、善之助と色川に言った。

「もし係り合っていたなら、引き戻してやらねばならぬ」

それは留造とお定、それに竜尾も強く望んでいることである。

「然《しか》り」

「まさに」

色川と善之助はほとんど同時に返した。

外では陽がかなり西の空にかたむいていた。賭場の開帳は、日の入りの暮れ六ツである。

二

藤次は小石川の陸尺町に急いだ。

すぐだった。

「うーむ。藤次は十手を持っておらぬ。矢一郎、おまえも行け」

「はっ」

色川は職人姿のふところの十手を半纏の上から確かめ、離れを飛び出した。

あとは右善と善之助の二人となった。

父子である。成り行きからこうなったのだが、善之助はさきほど藤次に留守居の重要さを説《と》いたものの、自分だけ出番のまわって来ないことに、

「父上」

と、不満顔になっていた。

右善は落ち着いた口調で、

「こういうときは、八丁堀の着ながしに黒羽織も不便なものじゃのう」

と、善之助に出番のなかった説明をし、

「もう三日も四日も帰りが遅くなり、萌《もえ》どのは怒っておらぬか」

「いえ。父上の用で動いていると言えば、代わりにわたしが行きましょうかなどと」

「萌どのらしい。それでこそおまえの女房じゃ。うーむ、そうだのう。きょうはおまえ、もう帰れ。これ以上帰りが遅くなると、儂が萌どのに叱られるわ。あははは」

右善は満足そうに言った。萌の言葉が、右善に教えるものがあったのだ。

（この仕事、八丁堀姿ではかえってできぬ）

その示唆《しさ》である。

善之助はさらに不満顔になった。


「おーい、藤次」

と、途中で色川矢一郎は藤次に追いついた。

「これは旦那、一緒なら心強うございます」

と、藤次はいっそう勇み足になった。

藤次は臨時に、隠密廻り同心の岡っ引になった。

二人そろって陸尺町に入った。職人姿と着物を尻端折《しりはしょり》の町人姿である。肩をならべていても、なんら違和感はない。まして御用の筋の者には見えない。それが隠密廻りである。

「あの角を曲がったところでさあ。おっ、いやがった」

と、藤次があごをしゃくった先に、駕籠にもたれかかり、手持ちぶさたにしている権三と助八がいた。

「おっ、旦那方。来なすったかい。さっきから動きがねえんで、ちょいと長屋の路地に入《へえ》ってようすを見て来ようかと、八の野郎と話していたところなんでさあ」

と、二人の来たことに気づいた権三が言い、

「どうしやしょうかねえ」

と、助八がつないだ。

二人のいるところから、多恵の家族が暮らしているという栄助店の路地に入る木戸が見える。

留造を乗せた権三と助八の駕籠がそこに駕籠尻をつけてから、すでにかなりの時間がたつ。

さきほど、駕籠から降り立った留造がいきなり、

「えええええ」

足をもつれさせ、目眩《めまい》でも起こしたように駕籠に寄りかかったのを、

「父《と》っつぁん、どうしたい」

と、権三と助八が慌てて支えたものである。

そのとき栄助店の路地から、ワーッと声を上げながら出て来た子供たちがいた。一人は七、八歳の女の子だった。その子が、

（多恵ちゃん⁉）

だったのだ。

さほどに似ていた。

ということは、その路地奥に、水道町の与助店のおかみさんたちが話した、多恵と亭主の粂次郎がいるはずである。いま走り出た七、八歳の女の子が、その夫婦の娘・お景に違いあるまい。それほどにお景は、中村屋の養女であったころの多恵に似ていたのだ。

留造はすぐに気を取りなおした。そればかりか心境は、二十年ほどもまえの湯島一丁目の木戸番人のころに戻っていた。

「権三どんに助八どん、すまねえ、ここでちょいと待っていてくんねえ」

言うと留蔵は年寄りとは思えぬ足取りで、栄助店の路地へ駈けこんだ。

いましがた子供の飛び出た部屋、一番奥で出入り口が半開きになっている。あれから二十年の歳月を経た多恵か、亭主の粂次郎とやらがいるはずである。

「ご免よ」

留造は勢いよくその腰高障子を引き開けた。

陽が西の空にかたむきかけた時分である。

年増の女が手拭を姐《あね》さんかぶりに、ひと間しかない部屋の掃除をしていた。不意に開いた腰高障子に女は驚いたように箒《ほうき》を持ったまますり切れ畳の上から、狭い三和土《たたき》に立った年寄りを凝視した。留造は多恵に会いに来たのだ。即座に気づいた。低く、掠《かす》れた声になった。

「多恵ちゃん。多恵ちゃんだ」

「えっ」

多恵は昔の呼び方で名を呼ばれ、あらためて留蔵を見つめ、箒をすり切れ畳に落とした。気づいたのだ。

「木戸番さん？　明神下の、あのときの木戸番さん⁉」

「そうじゃ。留造じゃ。定《さだ》も元気じゃ。さっき外へ走って出た娘、多恵ちゃんの？」

「はい、わたしの子です。木戸番さん！」

多恵は三和土に飛び下りた。留造は両手で多恵の肩をつかみ、多恵はその腕を手繰り寄せるようにつかんだ。

見つめ合い、多恵は言った。

「木戸番さん、どうしてここが？」

「それじゃ。中村屋さんの幽霊のうわさを聞き、找《さが》したのだ。さっきのはお景ちゃんじゃな。お景ちゃんを幽霊に……なぜ、なぜじゃ。いかん、いかんぞ」

「話します。話します、木戸番さん」

座はすり切れ畳の上に移った。

外の角では、権三と助八が、すぐには出て来ない留造に、

「どうやら、当たりだったようだなあ」

「そのようだ。話がどう進むか知らねえが、しばらく待とう」

駕籠を挟んで立ち、話していた。

長屋の部屋の中は落ち着きを取り戻し、多恵は話しはじめた。目には涙が浮かんでいた。

母親のお絹は、中村屋から多恵を取り戻すと、東海道の小田原へ移った。小田原なら、楽ではないがお絹の芸事でなんとか暮らしは立った。

多恵は一年で健康を取り戻し、お絹は多恵に三味線を仕込んだ。わが子だからであろう、それは厳しかった。

「おかげで、十五、六歳のころには、子供のお弟子さんからはお師匠《しょ》さんと呼ばれ、おっ母《か》さんの代稽古ができるようになりました。だけど、いいことずくめではありませんでした」

多恵は手にしていた手拭で涙をぬぐった。

多恵がお師匠さんと呼ばれはじめてからすぐだった。はやり病でお絹が懸命の看病にもかかわらず、鬼籍《きせき》に入ってしまったという。

「そうか。お絹さんがなあ」

留造は多恵の顔を見つめた。まるでときおり木戸番小屋に多恵のようすを、内神田から訊きに来ていたころのお絹と話しているような錯覚に、留造はとらわれた。同時にお絹の死を語る多恵に、生まれ在所でもない土地で独《ひと》りになり、どれほど心細かったかも偲ばれた。

そのようなときに、小田原城下で老舗《しにせ》の料亭の若い包丁人に請われ、所帯を持ったという。

「仕合わせでした」

多恵は言う。

「それが現在《いま》、菊屋へ通い奉公の粂次郎さんか」

「えっ、木戸番さん。なぜそれを？」

「わしにはなんというか、強い味方があってなあ。あとで話す。さあ、それからどうした。聞かせてくれ」

「はい」

ふたたび多恵は話しはじめた。かつて木戸番小屋に逃げこみ、思い切り泣いたときのことを思い起こしているのだろう。

条次郎との生活《たつき》のなかに、やがてお景に恵まれ、二人は将来小料理屋でも持とうと話し合うようになった。ひと口に小料理屋といっても、相応の資金がいる。条次郎は小博奕に手を出したがのめりこむことはなかったので、多恵は諫《いさ》めながらも容認し、同時に屈託《くったく》なく育つお景を見ながら、明神下の中村屋で継子《ままこ》いじめに遭っていたころを思い出し、それを条次郎によく話していた。

条次郎はときおり出向く賭場で、ある遊び人と知り合った。それが左金次だった。条次郎は左金次に多恵の幼少のころの苦労話をした。左金次は親身《しんみ》になって、というよりそのふりをしたか、条次郎に、

「――博奕で店を出す元手など得られるものか」

などと、説教じみたことを言い、

「――よし、俺がその中村屋とかいう江戸の質屋に償《つぐな》い金《きん》を出させてやろう。それも一発で小田原でも江戸でも小料理屋の出せるほどの金子《きんす》だ」

左金次の口調は力強かった。

冷静に考えれば、二十年もまえの話で、中村屋がそんな大金を出すはずのないことはわかる。だが粂次郎と多恵は、ついその話に乗ってしまった。

「──そのためには、まず中村屋に近からず遠からずのところに移り、じっくりと腰を据えて当たらなきゃならねえ」

左金次は言ったという。さいわい粂次郎の腕なら、どこへ行っても金は貯《た》められないまでも、喰うには困らなかった。

「それで一年ほどまえ、栄助店《ここ》へ越して来て、粂次郎は伝通院前の菊屋さんにお世話になり、左金次さんもすぐ近くの源兵衛店に入り、中村屋のようすを窺《うかが》いはじめたのです。中村屋を苦しめ、そのうえで償い金を取ってやる、と」

語る多恵の顔は蒼ざめ、膝に乗せ握り締めた拳《こぶし》がかすかに震えていた。なにかに怯《おび》えている。

(もしや)

留造の脳裡を走るものがあった。中村屋を窺っていたのなら、当然、田嶋屋の千吉郎が中村屋へ婿《むこ》入りすることはつかんだであろう。その千吉郎は、愛宕権現社の石段を転がり落ち、命を失っている。

留造は年の功か多恵への思いやりか、話題を変えた。

「わしはなあ、あのあと木戸番小屋を出て……」

と、おなじ神田明神下の鍼灸の療治処に入ったこと、さらに右善という風変わりで顔の広い隠居が離れに住んでいることなどを語った。

多恵は興味深げに聞き入り、とくに中村屋も患家の一つでお栄とお里が寝込んでしまった話には、表情を歪《ゆが》めた。

外は日の入りが近づいている。

外へ遊びに出ていたお景が帰って来た。

「おお、お景ちゃんか」

「だれ？　このお爺ちゃん」

と、母親と話していた留造が目を細め、じろじろと見るので、七歳のお景は恐《こわ》そうに母親に寄り添った。

「むかしね、おっ母《か》さんがお世話になった人」

多恵は話した。留造はしばし、木戸番人時代に戻った思いに浸《ひた》った。同時に、お定にも早く会わせてやりたいとの思いが募った。

外の角では、権三と助八がしびれを切らしていた。

そこへようやく色川矢一郎と藤次が来たのだ。

「あれえ」

「三人も」

と、権三と助八は退屈を吹き飛ばすと同時に、目を丸くした。

お定が一緒だったのだ。

色川と藤次は途中で竜尾とお定に出会った。行く先を告げると、お定は自分も行きたいと願い、往診がもう一軒残っていたが竜尾がお定の思いをおもんぱかり、さらに事件の背景があるところから、医家らしく多恵の心境をやわらげるのは留造よりもお定のほうが適任と判断し、承知したのだった。このとき竜尾は、

「なんなら多恵さんたち、遅くなってもいいから療治処に連れて来なさいな」

言ったものだった。竜尾も、幽霊の解決はきょうあすが山場と感じ、そのほうが右善も策を進めやすいだろうと判断したのだ。竜尾のこの言葉に、色川もうなずいていた。おなじことを考えていたのだ。

右善が色川と藤次を物見《ものみ》に出したのは、留造が多恵と面談しているところへ、左金次が来たときに備えてのことだったが、日の入りが近づいたいま、その懸念は不要となったようだ。今宵、日の入りから大竹屋敷で賭場が開かれ、左金次はそちらへ行く

はずと色川も藤次も判断したのだ。

その日の入りを、いま迎えた。

権三と助八から、留造が多恵の部屋に入ってから騒ぎもなく、ずっと穏やかに話し合っているらしいことを聞くと、職人姿の色川は言った。

「だったら俺たちは大竹屋敷へ行くぜ。あとはお定さん、多恵たちを今宵療治処に招くこと、あんたに任せらあ。師匠も言っていたように。右善の旦那もきっとそれがいいと思いなさるはずだ。さあ、藤次」

「へいっ」

と、栄助店の路地へ入ることなく、色川矢一郎と藤次は湯島天神裏手の武家地へ向かった。

三

すでに日は暮れている。

療治処の母屋の居間には、竜尾と右善、権三と助八、留造とお定、それに多恵とお景の顔がそろっていた。多恵とお景の母娘が来たとき、はたして右善は、

「――ふむ。これはよい」

と、膝を叩いたものだった。

小石川陸尺町の栄助店でお定が多恵の部屋に入ったとき、そこに二十年前と現在の多恵がいるのだから、口をあんぐりと開けたのは言うまでもない。多恵も涙を流してお定との再会を喜んだ。

今夜、多恵がお景を連れ明神下の療治処に出向く件を承知したのは、話したのがお定と留造だったからにほかならない。二十年越しになるこの老夫婦の功績は大きい。それにもう一つ、多恵には陸尺町の長屋にお景と二人きりでいるのが怖ろしくてならない理由があった。

長屋を出て明神下に行くとき、多恵は伝通院前の菊屋に寄って勝手口に粂次郎を呼び、留造とお定を引き合わせ、わけを話した。多恵が継子いじめの話をするたびに、木戸番夫婦の話もしていたから、粂次郎が納得するのも早く、きょうの役目を果たすと自分も療治処にころがりこむことを承知した。そのときの粂次郎の顔は引きつっていた。この場に右善か色川矢一郎がいたなら、

(――この亭主、女房の多恵と、なにやらおなじ恐怖を抱《いだ》いている)

感じ取ったに違いない。

療治処の居間で夕餉をすませると、そのなごやかさに多恵は右善や竜尾、権三に助八らとも打ちとけ、子供のお景は安心感からか居眠りをし、別室で寝かした。

居間に、善之助と色川がいないせいか、全員が上下なしのほぼ円陣になっている。そのなかに多恵の来《こ》し方《かた》は、留造が話した。それぞれがまさしく親身になって聞いている。右善と竜尾の人となりは、来るときに留造とお定がじゅうぶんに話し、そのたびに権三と助八が空駕籠を担いだまま、

「――へへん、そのとおりでえ」

「――まったくもって」

と、自慢するように相槌を入れていた。

留造は話し終わり、

「それから……多恵ちゃん」

と、話を多恵に振った。

多恵は現実に戻ったか、また膝に置いた手を震わせはじめた。

「黙っていたのではわからんではないか」

と、留造にうながされ、ようやく話しはじめた。

右善が知りたいのは、中村屋を脅《おど》すのに、なぜ備前長船派の小刀の一件と、それに

大竹屋敷の賭場がからんでいるかである。

「あとから聞いたのです。それから、もう怖くて」

多恵は冒頭に言った。

室町の田嶋屋の千吉郎を、愛宕権現社の石段から突き落として殺したのは、やはり左金次だった。

左金次は嗤《わら》いながら、多恵に言ったという。

「――あんたのためですぜ。あんたが味わった苦しみを、中村屋と娘のお里にも味わわせるためになあ」

一同は驚いた。

「そんなの、人じゃない！」

竜尾は絶句した。

右善も怒りに表情を歪《ゆが》めた。

もちろん、お景を〝多恵の幽霊〟に仕立てたのも。左金次だった。多恵は反対したが、左金次が多恵と粂次郎夫婦に、

「――ふふふ。殺しまでやったんだ。あんたらも一蓮托生《いちれんたくしょう》だぜ」

と、言ったのでは、多恵も粂次郎も承知せざるを得なかった。あの日、お景を駕籠

に乗せ、粂次郎も左金次と一緒に神田明神下まで出向いたのだった。

「――すべては中村屋を苦しめるため」

であり、それは的中した。かつて多恵をいじめたお栄と、原因となった実娘のお里は、寝込んだまま現在に至っている。そのことを多恵は左金次から聞かされたが、溜《りゆう》飲《いん》が下《さ》がるよりも、

「怖ろしさが、さきに立ちました」

と、多恵は言う。

右善が善之助をさきに帰したのは、ある程度こうしたことを予想したからだった。多恵が今宵、療治処に来る来ないにかかわらず、目の前に八丁堀の同心がちらついたのでは、いかに留造やお定にうながされようが、人殺しと一蓮托生になった話などできなかっただろう。

もちろん留造とお定から、来る道々で右善がかつて北町奉行所の隠密廻り同心であったことは聞かされていた。多恵の心中に、躊躇《ちゆうちよ》するものがあった。だがそれを話したのが、留造とお定である。直接会うと、総髪で儒者のような身なりをしている。それが多恵に安堵感を与えた。

多恵はつづけた。

「中村屋を地獄の底に突き落としてやるためだと、左金次さんがきのう栄助店《うち》に来て言ったのです。うちの人に、あした、そう、きょうです。菊屋さんの仕事が退《ひ》けたらその足で湯島天神裏手の大竹屋敷に来い、と。賭場が開かれているからなどと。粂次郎は以前にも一度、左金次さんに誘われ、行ったことがあるのです。人殺しと一蓮托生にされている以上、断れなかったのです。それも、これが締めくくりだなどと不気味なことを言って」

それが奇《く》しくもきのう、権三と助八は賭場の話を告げに栄助店へ行く左金次の姿を見たのだった。権三と助八が、朝早くに小石川水道町に同業の熊五郎と吉助を訪ね、その帰りに栄助店の所在を確かめておこうと陸尺町に入り、左金次のあとを尾けていた藤次と出会ったときである。

「あれがそうだったのかい」

「そう、それに違《ちげ》えねえ」

思わず権三が口に出し、助八もつづけた。

話はいよいよ右善が知りたがっている、備前長船派の小刀の一件と大竹屋敷がつながってきた。だが、まだ朧《おぼろ》である。

右善は優しい口調で問いを入れた。

「菊屋が退《ひ》けるのは、いつごろだろう」

「はい。菊屋さんはいつも日の入りとともに暖簾を下げ、新しいお客は入《い》れず、入《はい》っているお客さまがお帰りになったときが退け時となります。ですから、もう退けていると思います。いまごろ条次郎は大竹屋敷に……」

多恵は蒼ざめた顔で応えた。

一同は顔を見合わせた。もう止められない。だが、大竹屋敷に出向いたあと、条次郎は療治処《こ》へ来ることになっている。

その大竹屋敷には、色川と藤次がすでに入っている。

日の入りのすこしあとである。職人姿の色川矢一郎が八矢と名乗り、そばを手繰りながら大竹屋敷の中間、市助と千吉から聞いたとおり、裏門の潜り戸を軽く三回つづけて叩き、それを二回くり返すと潜り戸が開き、中間が顔をのぞかせた。

「いよう、来たかい。それも二人で、さあ、入んねえ」

と、市助だった。

入ると、千吉も中間姿でそこに立っていた。二人とも笑顔だ。帰りの五割の割前を皮算用しているのだろう。

お長屋の中間部屋に燭台がいくつも立てられ、丁半はすでに始まっていた。商家の旦那風や遊び人風もおり、職人姿もあり、十数人いるなかに、すこしくたびれた感じの女も二人いた。武士はいなかった。あの若侍のぎょろ目の久田勇蔵と細目の荒井兵助は今宵、来ていないようだ。

隠密廻り同心と岡っ引なら、こうした場面は慣れている。駒の張り方も手慣れたものだった。

藤次が色川の膝をつつき、さりげなく耳打ちした。

「左なため向かいの遊び人、左金次です」

色川は無言でうなずいた。

半刻（およそ一時間）ばかりを経た。左金次は一進一退をつづけ、はたして初回のためか、むろん負けもあるが八矢の色川と藤次は勝ちを重ねていた。

そのあいだにも幾人かの客が加わったが、新たに来た一人の男が座につかず、部屋の中を見まわし、左金次が座を立って男と一緒に部屋の外へ出た。すかさず藤次が、

「ちょいと雪隠《せっちん》を借りらあ」

と、座を立ち、左金次につづいた。

左金次は部屋の外で男になにやら手渡した。

男はそれを手に中間の市助にいくらかの駄賃を握らせ、左金次は座に戻った。藤次も座に戻り、八矢の色川が、

「連れションだ。俺も雪隠へ」

と、藤次と交替した。

そこで色川は見た。細身の武士が慌てたように母屋から駈けて来て、男から小さく折った書状のようなものを受け取り、

「これを誰から」

「いえ、ちょいと外で知らぬ人に頼まれただけで。あっしはこれで」

と、逃げるように裏門の潜り戸を出た。

細身の武士も母屋のほうに急ぎ戻ったようだ。

色川は慥《しか》と声を聞き、顔も覚えた。

それから小半刻（およそ三十分）ばかり、八矢の色川と藤次は丁半を張り、ふところをかなり暖かくして座を立った。左金次は何事もなかったように、なおも丁半を打ちつづけている。

中間の市助と千吉はかなりの割前を手に大喜びで、

「またおいでなせえ」

と、潜り戸の外まで出て二人を見送った。

左金次はちらりと来た男を介し、屋敷の武士となにやらつなぎを取ったのだ。それを早く右善に報せたかった。夜道を提灯もなく急いだ。

四

療治処の冠木門の潜り戸は小桟《こざる》が上げられている。押せば開く。開いた。飛びこんだのは条次郎だった。確かめなくともわかったか、

「うちの人！」

多恵が立ち上がり、玄関口に走った。

はたして条次郎だった。条次郎は居間に通され、人の多さに驚いたようだ。一同には初めて見る顔である。一同は、条次郎は丁半を打ってから来るものと予想していたから、思いのほか早く来たことに驚いていた。

「おお、この人かえ、条次郎さんは」

言ったのは留造だった。なかなかの優男《やさおとこ》で、博奕《ばくち》にのめりこむような翳《かげ》りは微塵《みじん》もない。右善も竜尾も同様に看《み》て取った。

条次郎も多恵のいるこの座のなごやかさを感じ取ったか、お景がとなりの部屋で寝ているることを多恵から聞かされると、

「へい、きょうのあっしの仕事は、大竹屋敷の中間部屋で左金次さんから渡された書状のようなものを、ご用人の松原小重郎さまに取り次ぐだけでございやした。あとはもう多恵とお景が心配で、提灯片手に一目散《いちもくさん》にここへ」

一気に話した。実際、条次郎は息せき切っていた。

このあとすぐだった。もう一人、提灯を持った中間を随え、冠木門の潜り戸を駈けこみ、灯りのある玄関先に、

「児島右善どのはこちらでござろうか、離れでござろうか」

夜のことで大声ではなかったが、切羽詰まった口調で訪《おとな》いの声を入れた者がいた。声は奥の居間まで聞こえた。色川矢一郎がこのような訪いを入れるはずはない。

「ん？　あの声は」

名指しされた右善は一同の注視を浴びながら座を立ち、お定の持つ手燭《てしょく》に足元を照らされ玄関に出た。

「おお、これは」

と、大竹屋敷の松原小重郎だった。

奥には灯りがあり、玄関の三和土《たたき》には大勢の下駄、草履《ぞうり》、わらじがならんでいる。松原小重郎はそれらと奥の灯りを訝《いぶか》しそうに見た。

右善のとっさの判断だった。

「ああ。いま奥で大店《おおだな》の患者の全快祝いをやっておりましてな。ふむ、そうじゃ。離れの儂《わし》の部屋で承《うけたまわ》ろうか」

松原小重郎は無言でうなずき、右善がお定に、

「儂の部屋にお茶を頼む。そなた以外の者を寄こさぬように」

と、その言葉にまたうなずいた。その松原の表情から、

(内密に)

との意思がありありとうかがわれる。

すぐだった。離れに行灯一張《あんどんひとはり》と油皿だけの灯りが点《つ》けられ、右善と松原は端座で向かい合った。中間は離れの外で待ち、お定が茶を運んで来た。

お定は以前に松原小重郎が右善を訪ねて来たときに顔を見ており、その名は母屋の面々に告げられ、居間は緊張に包まれた。

離れの部屋である。

「これがきょう、屋敷に届けられた」

松原は困惑を浮かべた表情でふところから書状を取り出し、右善に示した。さきほど粂次郎が言っていた、左金次からの書状に違いない。

右善は行灯に近づけた。文面はしっかりしているが、ぎこちない金釘流《かなくぎりゅう》の文字で記《しる》されている。おそらく左金次の手によるものだろう。脅《おど》し文《ぶみ》である。

――備前長船《おさふね》派の小刀　さる所に保管しあり　返して欲しくば　金百両を用意しあす昼九ツ　貴殿みずから愛宕権現社石段上の茶店に来られよ　百両と引換えに　証文を渡すべし　そこに記しある所に持参せば　小刀は請《う》け出せるべし

昼九ツとは、太陽が中天に入った、正午のことである。

宛名が〝松原小重郎〟になっているから、文中の〝貴殿〟とは松原のことであり、昼九ツ時分には、境内に参詣人がかなり出ており、石段を上りきった茶店の縁台に、疲れたようすで武士と町人が座り合わせても、なんら不思議はない。

「なるほど、こう来ましたか」

と、書面から顔を上げた右善に松原は、

「いかがか。当方で処理するもよいが。百両はちと……。そなたに最初に相談したゆえ、なにか妙案はござらぬか」

「ある。ただし十両ばかり、用意されよ」

「ん？」

右善の返答に、松原は怪訝な表情をつくった。

「ここを見られよ、〝請け出せる〟とある。〝さる所に保管〟とは、質屋と気づかれぬか」

「あ、なるほど」

ここに来るまで狼狽《ろうばい》していたか、言われて松原もようやくそこに気づいた。

「すでに目串《めぐし》は刺してある。かねて昵懇《じっこん》の質屋から、百両出してもいいような名刀を十両で預かり、ちと心配になったので鑑定してくれぬかと頼まれましてなあ。看《み》るとそれがなんと本物の備前長船派の小刀じゃった」

「ううぅっ」

松原はうめき、右善はつづけた。

「なあに、あす貴殿がご覧になり、そなたの持ち物に間違いなければ、質入証文がなくとも請け出せるよう、口を利いて進ぜよう」

この言葉に松原は低頭した。

もちろん、ここで話し合われたのはそれだけではない。だが右善は、策をすべて話したわけではない。

ただ右善は言った。

「儂のやり方に、詮索はご無用に願いたい」

元隠密廻り同心であれば、妥当なことと松原は解した。松原が中間の照らす提灯の灯りに冠木門の潜り戸を出るとき、足取りは軽やかになっていた。


母屋の居間では人数が増え、右善が離れから戻って来るのを待っていた。

離れで右善が松原小重郎とひたいを寄せ合っているあいだに、色川矢一郎と藤次が大竹屋敷の賭場から帰って来ていたのだ。

二人は右善が部屋に戻るまで話はひかえようとしたが、座にさっきの賭場で見たばかりの男、条次郎がいるのに驚き、互いに事情を話さねばならなかった。

右善もあらためて、それらをうなずきながら聞いた。

そして言った。厳《おごそ》かな口調だった。

「みんな、了見《りょうけん》してくれ。儂からいまここで話すことは何もない。あしたになれば、すべてが解決する。きょうのこと、大竹家の用人が療治処へ来たこと、条次郎が大竹屋敷に行ったこと、すべて口外無用じゃ。まだ左金次なる悪党の、〆《しめ》の動きに読めぬところがあるゆえのう。そやつにわれらがすでに気づいていることを、微塵《みじん》も覚られてはならぬのじゃ」

「そうですねえ皆さん。右善どのに任せておけば安心です。お任せしましょう」

竜尾があと押しするように言ったのへ、

「わかってまさあ」

「俺たちゃあ端《はな》からそのつもりで」

権三と助八は返し、多恵と条次郎は無言でうなずき、この療治処に来たことで右善がいかなる人物かを解し、頼るような目で右善を見つめていた。

藤次はその場から、

「へい。行ってめえりやす」

と、療治処を出た。右善の予想では、あすに備え今夜中に善之助につなぎを取っておかねばならないのだ。

色川矢一郎は右善に言われ、今宵は離れに泊まることになった。これもまた、あすに備え、右善には色川と大事な話があるのだ。

多恵の家族三人は、今夜は療治処の母屋泊まりとなる。娘のお景は、とっくに寝入っている。権三と助八が帰ってから、

「木戸番さん、ほんとうにわたしをよく見つけてくださいました」

と、多恵はむかしの呼び方で留造を呼び、そっと目がしらを押さえた。

五

離れの部屋である。ひと部屋しかない。夜具は母屋から運んだ。

二人とも横になっているが、行灯はまだ点《つ》いている。

「なあ、矢一郎。おめえ、どう思う。左金次のことだ」

「へえ。凶暴なだけの男かと思っておりやしたが、一方においては用意周到な面もあり、最も始末に悪い男かと」

「儂もそう思う。しかも殺しも強請《ゆすり》も、まるで楽しんでいるような」

「まさしく。こたびは小田原で多恵から中村屋への恨み事を聞いたところより始まっているようで、こいつぁ強請の種になると。それでわざわざ多恵と粂次郎をそそのかして江戸の小石川に引っ越し、仕事にかかった……と」

「ふむ。つづけろ」

「へい」

隠密廻り同心が悪党の動きを探るとき、

「――自分が悪党になったつもりで考えよ。そうすれば、見えないものもおのずと見えてくる」

これが児島右善の口ぐせだった。後輩のなかで、色川矢一郎が最もこの右善の教えを体得していた。

色川は、いまその気になって応えようとしている。返事からすでに掏摸《すり》の左金次になりきっている。

「野郎め、小田原から江戸の小石川にねぐらを移し、中村屋を探りながらどう仕掛けるかを考えた。しかし、考えてみりゃあ二十年もめえの話でさあ。門前払いか涙金《なみだきん》で追い払われるのがおちでやしょう」

「まあ、そうだろう。して、あの若侍二人はどうだ」

「権三と助八の言っていた、ぎょろ目の久田勇蔵と細目の荒井兵助ですかい」

「ああ」

「おそらく賭場で、そうそう大竹屋敷の賭場で知り合って左金次は意気投合し、二人から大竹将監が普段から格好をつけ、柄《がら》にもなく備前長船派の大小を帯びているのを聞き、体内の掏摸の虫がうずいて猿回しでの場面となった。それを小道具に中村屋を舞台に、大竹家から金子《きんす》を強請り取ろうって考えたんでやしょう」

なかば当たっているが、実際には二人が大竹屋敷の賭場で大負けし、大竹家に逆恨みをしているところへ、左金次がうまく取り入ったのだった。

色川はつづけた。

「それにしても金の受け渡し場所が、田嶋屋の千吉郎を突き落とした愛宕権現の石段の上たあ、なんとも図々しい非道《ひで》え野郎で」

「そう、まったく許せねえ野郎だ。それに、なんでわざわざ千吉郎を殺したと思う」

「そりゃあ、粂次郎が言っていやしたぜ。人殺しと一蓮托生にされ、きょうの賭場での松原小重郎へのつなぎも、断ることができなかった、と。そのように粂次郎を持って行くためだったのでやしょう」

「そう。それがおめえと藤次が見た場面さ。そこからなにか思わねえかい」

「なにかとは？」

「野郎はつなぎの場に顔を見せず、その後も丁半を張りつづけていやがったのだぜ」

「あっ、野郎め。粂次郎を科人《とがにん》にし、自分をまったく関係のねえ場に置きやがった」

「そうさ。それに小道具は備前長船派の業物だぜ。百両じゃ安い。武家の体面も計算に入れりゃあ、五百両だって強請れるはずだ。それをなんで百両などと。儂は松原どのから脅し文を見せられたとき、すぐ気づいたぜ」

「あっ、わかりやした。四百石の旗本といえど、屋敷に小判がうなっているわけじゃねえ。すぐに用意できそうな額といやあ、せいぜい百両」

「そうさ。やつは急いでいやがる。それに、百両と引換えに質入証文を松原小重郎に渡す。そこに左金次の名はねえ。あるのは久田勇蔵と荒井兵助の名だ。しかも直筆でなあ」

「なんともふざけた話じゃござんせんかい。てめえはそのまま遁走《とんずら》……。あ、野郎が愛宕権現に行くときゃあ、小石川陸尺町の長屋はすでに引き払っている。百両をふところに、権現さんからそのまま長《なげ》えわらじを。あとは若侍二人がどうなろうと知ったことじゃねえ。武家のあいだで、きっとひと悶着起きやすぜ」

「おそらくな。そこでこたびの首魁《しゅかい》が、左金次であることを知っているのは誰だ」

「多恵と粂次郎。ああ、あぁあっ。野郎、遁走のめえに七歳のお景もろとも、一家三人皆殺しに！」

「そうよ。竜尾どのがそこまで考え、あの家族を療治処に呼んだとは思えねえが。それをお泊りにまでしたのは、ちょいとやり過ぎで、無駄だったかもしれねえ」

「い、いえ。そんなことありやせんよ」

夜具の中とはいえ、二人は眠るどころか頭も目もますます冴《さ》えてきた。

「いいや、余計なことだった。中村屋を舞台にした、大竹屋敷への強請がおもてにならなかったら、まっさきに疑われるのは、中村屋へ嫌がらせをしていた多恵と粂次郎夫婦だ。〝多恵の幽霊〟も、そのための、かわいらしい芝居だったたってわけさ。それで神田界隈は幽霊話で持ちきりってんだから、やつめ、愉快でたまらねえだろうよ。このまま俺たちが放っておいてみねえ。奉行所は多恵と粂次郎をしょっ引くぜ」

「殺さねえほうが、左金次にはおもしれえ……と」

「まあ、そういうところだろう。それに狭い長屋で三人も殺すなど、面倒で声など上げられりゃあ、危ねえことこの上ねえ。掏摸《すり》に失策《しくじ》り、対手をぐさりと刺してさっと逃げるようなわけにはいかねえ。あしたの朝にも、多恵たちを長屋に返そう。夜中にお景が急に痙攣《ひきつけ》を起こし、明神下の療治処に駈けこみ、遅いのでそのまま泊まって来たと言やあ、長屋の住人たちは納得しよう。それよりも、最後になってそこが留守で左金次に警戒心を持たせるのはよくねえ」

「わかりやした。それで、あしたの段取は？」

「ふふふ。やつのやりそうなことが、もう一つあるぜ」

「えっ、まだ？」

「そうよ。権現さんでの受け渡しの時間を考えてみねえ。まっ昼《ぴる》まの九ツだぜ。やつにとって、もっとおもしれえことがあるんじゃねえのか」

「あっ、わかりやした。権現さんへ行くめえに北町奉行所に出向き、中村屋は家主買《けいずがい》をやっていて、倉から持ち出すのはきょうの午過《ひるす》ぎ……と密告《さ》す。奉行所は念のため即座に人を出しやす」

「だろう。おそらく松原どのが質入証文を手に喜んで中村屋へ急いでも、着いたときにゃ、紙一重《かみひとえ》の差で定町廻りの捕方が踏込んで、件《くだん》の備前長船派を押収してらあ。中村屋はもう終わりで、大竹将監も猿回しの頓馬《とんま》ぶりがおもてになり、その身は無事ではすむまいよ」

「そう、それを粂次郎の名でやりゃあ、もっとおもしれえ。奉行所も町人一人に虚仮《こけ》にされたってことになりやすが」

「そうはさせねえために、この夜更けに藤次を八丁堀に走らせたわけよ。きょうはおめえに走ってもらったが、あしたは善之助が走ることになろうよ。ま、おめえはあした午前中、儂につき合いねえ」

「承知」

色川の口調が武士言葉に戻った。

ようやく部屋の行灯の火が吹き消された。

六

朝、日の出のころには、療治処の面々は起きている。

けさは裏庭の井戸端が、いつもより賑やかだった。普段はお定に留造、そこへ竜尾が出て来て、最後に右善が眠そうな顔を見せる。きょうはその顔ぶれに色川を加え、さらに多恵たち一家三人が同時にそろったのだ。

多恵と粂次郎が、

「ほんとうに昨夜は、安心して眠れました」

「栄助店にいたんじゃ、左金次さんがまた来てあっしに何かさせるんじゃねえかと、風の音にもびくつかねばならねえところでやした」

と、ふかぶかと頭を下げる。

多恵たちも、左金次がなにやらよからぬことに動き出したのを覚っていたのだ。その一つが、昨夜の賭場での使い走りだった。粂次郎は中身を見ていないが、脅し文であったことは、昨夜右善が話すまえから、うすうす気づいていた。

だから右善が、きょうこれからすぐ栄助店に戻れと言ったとき、二人とも怯《おび》えた表情になった。きょうまた左金次と顔を合わせれば、なにごとかを言われ、ますます一蓮托生に引きこまれて行く気がしたのだ。

「なあに、もう出会うことはあるまい」

それが右善の言葉であれば、二人ともいくらか安堵を覚えた。

さっそく留造が、権三と助八を呼びに行った。

こうも早くに呼ばれ、権三も助八も急患かと思ったが、乗せるのがお景と知って目を丸くしていた。栄助店の住人には〝お景が夜中に痙攣を起こして〟と言いこしらえるのだ。そのお景が元気よく戻って来たのでは具合が悪い。やはり病人らしく駕籠で帰るのに超したことはない。お景は、

「わあ、また駕籠！」

などとはしゃいでいた。あの日の夕刻、駕籠に乗せられたとき、自分が幽霊にされたのを気づいていないようだ。

「念のためだ。俺も一緒に行こう」

と、職人姿の色川もついて行った。源兵衛店に左金次のようすを見に行くのだ。

駕籠が出ると、療治処にはいつもの静かさが戻った。

竜尾がそっと言った。

「すべてはきょうなのですね」

「おそらく」

右善は低い声で、うなずくように返した。

空駕籠と一緒に色川が帰って来た。

「ちょいと路地をのぞくと、ちょうど古道具屋が大八車を牽《ひ》いて来ていやしたぜ」

右善に耳打ちした。昨夜、離れで話し合った左金次の動きは、どうやら当たっているようだ。こうも朝早くに古道具屋が来るなど、まえもって手配していたのだろう。古道具屋だから、引っ越しではない。すべて売り払うのだ。といっても男のやもめ所帯では、かさばるものは蒲団《ふとん》しかない。

右善はホッと胸をなで下ろした。これで左金次が多恵の家族を襲う懸念は消えた。

まだ陽は東の空に低い。

松原小重郎が最初に療治処に来たときのように、中間を従えた町駕籠が一挺、冠木門を入って来た。

右善は、

「待っていましたぞ」

と、駕籠に随うように冠木門を出た。駕籠の垂《たれ》は上がらずじまいだった。

それを確かめた色川も、

「それでは俺もこれで」

と、駕籠につづき冠木門を出た。善之助と打ち合わせのため、一度北町奉行所に戻るのだ。

「これはいったい⁉」

竹箒《たけぼうき》で庭を掃いていた留造が怪訝そうな声を洩らしたのへ、縁側から竜尾がたしなめるように言った。

「右善どののなさることに、詮索はいけません」

駕籠の中はむろん、松原小重郎である。いまのところ動きは、すべてが昨夜、右善と松原小重郎が話し合ったとおりに進んでいる。

駕籠は、乗っている松原が、

（えっ、かくも近くに？）

と、思うほど、療治処を出るとすぐまた駕籠尻を地につけた。竹箒でおもてを掃いていた小僧が、町駕籠と武家の中間を引き連れた右善の早朝の訪《おとな》いに驚き、商舗の中に駈けこんだ。中村屋である。

右善にうながされ、松原は往還の者に顔を見られないように、出されたばかりの暖簾を素早くくぐった。駕籠は店の前に中間と一緒に待たせた。

中では番頭の六兵衛が店場で迎え、すぐ奥の部屋に通された。

あるじの平右衛門も顔をそろえ、右善は言った。

「例の小刀だが、こちらがまことの持主で、質入証文はほれ、あの与太の手許にあるのだが、それはきょう中にも取り返して来る。現物をさきに請け出したい」

と、中村屋にこのような無理を言えるのも、右善だからである。

中村屋にとっても、端《はな》から盗品とわかっている質草を倉に置いておくなど、不安でならない。それを預かったのも、右善に言われたからである。

平右衛門はいわくつきの品を吐き出せる安堵と、証文なしで引き渡すことの不安を表情に浮かべ、

「ほんとうに、大丈夫なのでございましょうねえ。あとであの与太やお若いお侍が二人、証文を持って受け出しに来るようなことはありますまいなあ」

念を押すように言った。番頭の六兵衛も、あるじ以上の不安顔で右善と松原小重郎の顔を交互に見つめている。

松原小重郎は、右善から〝こちらがまことの持主〟と引き合わされたときに深くう

なずいただけで、あとは無口だった。

平右衛門も六兵衛も、武士が刀を質入れするなど家門の恥でよくよくのことと心得ているから、敢えて松原の家名も氏名も訊かなかった。それほどに仲介者の右善を信じているのだ。

さっそく平右衛門に言われ、六兵衛が裏手の倉から、風呂敷に包まれた備前長船派の小刀を出して来た。

それはあるじ大竹将監の佩刀《はいとう》で、大竹家重代の家宝である。松原小重郎はうやうやしく中をあらため、

「確かに」

と、表情に安堵の色を浮かべ、さらに、

「利息はいかほどか」

「滅相もございませぬ。このお刀に利息などいただけませぬ」

「はい。数日、お預かりしただけでございますから」

六兵衛も言った。

「いや、それでは」

と、口を開く松原に、右善が横合いから言った。

「卒爾《そつじ》ながらご用人、こたびは利子をつけぬことで、この一件はなかったことになるのではありますまいか」

平右衛門と六兵衛は肯是《こうぜ》のうなずきを見せた。

中村屋が左平次に用立てした額、十両がそこに並べられた。

右善とともに平右衛門も六兵衛も、見送りのため外に出た。中間がまるで権門駕籠のようにかたわらで片膝を地につけている。その町駕籠に乗るとき松原は、

「あとのこと、よしなに、よしなにお頼み申しますぞ」

低く、すがるように言った。

右善はうなずいた。

中間を従えた町駕籠が角を曲がり、表通りに出た。駕籠の中でも松原小重郎はあるじの小刀を、きつく胸に抱きかかえていた。

なにを〝よしなに〟か、平右衛門も六兵衛も、訊くのがためらわれた。ただ、六兵衛が、

「ほんとうに、大丈夫なのでございましょうねえ」

「なあに。これも幽霊のうわさに係《かか》り合《お》うていてのう。ともかくあすあさってには、それも霧消しようよ」

右善は応えた。

お栄とお里はまだ、奥の部屋で寝こんでいるのだ。

怪訝そうな表情の平右衛門と六兵衛を背に、右善は中村屋の前を離れた。

表通りに出た右善は、ゆっくりと周囲を見まわし、奉行所の捕方が打込んで来る気配のないことに、

「これでよし」

うなずき、筋違御門のほうに歩を進めた。

七

午《ひる》すこし前である。

総髪で絞り袴に筒袖を着こみ、脇差を腰にした右善の姿は、江戸湾の見晴らしが格別の愛宕権現社の境内にあった。なぜかこれまで使ったことのない杖を持っている。

さきほど八十六段の石段を上って来たばかりだが、杖をついたわけではない。ただ持っているだけだった。石段には町人や武士が、ちらほらと上り下りしていた。女はおもに、かなり迂回路の坂道となる女坂《おんなざか》を利用する。

石段を上ってすぐの茶店の縁台に、職人姿の色川矢一郎がさきに来て座っていた。右善はさりげなくその横に背を向けるかたちに座った。

もちろん顔を見合わせることもなく、

「どうじゃった。中村屋にはもう、件《くだん》の小刀はないが」

「さようで。こちらも、きょう朝早くに〝小石川陸尺町の粂次郎〟と名乗る町人が、正面門の門番に、神田方面の定町廻りの旦那にと結び文《むすぶみ》を渡し、火急にと口頭でつけ加え、走り去ったそうです」

語る色川のほおがゆるみ、右善も口元をほころばせ、

「……で？」

「左金次の結び文、結びなおしていまここに」

と、色川は手をそっとうしろにまわして右善に渡し、

「あらためるまでもありませぬ。昨夜、予測したとおりの……」

「さようか。ふふふ」

と、右善は結び文をふところに収めた。

あとはしばし、双方とも無言で湯飲みを幾度か口に運んだ。背中合わせのままである。傍目《はため》には、他人同士に見えていよう。

縁台の前を、幾人かの参詣人が通り過ぎた。

色川の口元がまた動いた。

「来ました。いま石段を上りきった男。ん、旅姿？」

色川は小石川陸尺町で、権三や助八と一緒に左金次を見ている。だが左金次は、そのような隠密廻り同心の、存在さえ知らない。

その左金次が、ここで松原小重郎から中村屋の質入証文と引換えに百両を受け取ると、その足で江戸を離れるとは、昨夜右善と予測し合ったとおりだ。だが、ここにまで用意よろしく旅姿で現れるとは、右善も色川も予測していなかった。石段を上って来た左金次は、尻端折《しりはしより》の着物に道中差を帯び、手甲脚絆《てっこうきゃはん》を着け振分《ふりわけ》荷物を肩に、道中笠を手にしている。

ということは、左金次はこたびの強請《ゆすり》がすでに成功したと確信している……。

右善は湯飲みを手にしたまま、

「ふむ」

うなずいた。

職人姿の色川矢一郎は腰を上げながら、

「おう、姐《ねえ》さん。お代はここに置いとくよ」

と、茶汲み女に声をかけ、茶店から離れた。参詣人よろしく、本殿のほうへ悠然と向かった。異変が生じたなら、野次馬になって駈けつけ臨機応変に対応することになっている。その異変は、起きることになっているのだ。

旅姿の左金次は、境内をさりげなく見まわし、茶店にゆっくりとした足取りで近寄った。

右善の座っているとなりの縁台に腰かけ、振分荷物を笠の中に入れ、脇に置いて茶を注文した。ここでもさりげなく境内に視線を向けている。一点に止まった。その方向に、中間を従えた武士の姿が……。だが、松原小重郎ではなかった。

茶が運ばれた。それを口に運び、また境内に視線をながす。

右善が湯飲みを手にしたまま、声をかけた。

「おい、そこの若いの」

「ん?」

左金次は訝《いぶか》しそうに右善のほうへ顔を向けた。面倒くさいものでも見るような目つきになっている。

「なんですかい。あっしを呼びなすったか」

「ああ。おまえさん、人を找《さが》しているようじゃのう」

「それがどうした」

「ふふふ。儂《わし》もある侍に頼まれてのう、ここで人を待っておるのじゃ。こっちの縁台に来んか。大きな声では話せぬゆえ。それに儂は足が悪うて、階《きざはし》の上り下りもできんで、さっきも女坂をふうふう言いながら上って来てのう」

「階の上り下りができねえ？」

左金次は右善の足に目をやった。気のせいか絞り袴の足が弱々しく見え、杖も持っている。

右善はつづけた。

「まあ、それはともかくじゃ。おまえ、けさ小石川陸尺町の源兵衛店を引き払った、博奕打ちで掏摸《すり》もやる左金次じゃろ」

「なんだと！」

虚《きょ》を衝かれたか、左金次は一気に血が頭に上ったような表情になった。

その左金次を右善は引き寄せるように、

「大きな声を出すな。渡す物があるゆえ。さあ、こっちへ来い」

と、腰をすこしずらした。

左金次は〝渡す物〟に釣られたか、右手に湯飲み持ったまま、左手に笠をつかみ、

右善の座っている縁台に移り、

「誰に頼まれなすった。松原小重郎ってえ侍なら、俺も渡す物がありやすぜ」

互いに肩が触れ合うほどに座り、声はあたりを忍ぶほどに低くなった。

本殿のほうから、ようすをうかがっている色川の目には、穏《おだ》やかな会話のように見える。

(ここが寺社地でなかったなら、この場でふん捕《づか》まえられるものを)

色川は思った。

穏やかそうな応酬《やりとり》はつづいている。

右善はにわかに伝法な口調になった。

「ふふふ。田嶋屋の千吉郎を殺した現場で、また人と待ち合わせたあ、おめえも大《て》えしたやつだなあ」

「な、な、なに⁉」

「おっと、声が大きいぜ。おめえ、ここで目立つのは、おめえのためにもならねえはずだぜ」

まさにそのとおりである。

「うううっ」

左金次は喉《のど》にうなり声を鳴らした。

さっきまで左金次が座っていた縁台に、

「ここ、ここ。ここでちょいと休みましょう」

「見渡しは絶景だけど、そのまえにもう足が疲れて」

と、町家のおかみさん風の三人連れが音を立てて座りこんだ。

「女坂っていうから、ゆるやかかと思っていたのに」

「そうそう。もうだめ」

座ってからもお喋りは止まない。

左金次はうるさがるより、逆にホッとした。これで自分たちの話し声が、すぐ前を通った者にも茶汲み女にも聞こえない。目立つのも女たちのほうだ。

言った。明らかに焦りを覚えている口調だ。

「おめえさん、田嶋屋だの千吉なんとかだの、みょうなことを言いなすったが、そんなもの俺ア知らねえ。それよりも、さっき渡す物があると言いなすったなあ。ちょいと重い物でござんしょう。さあ、出しなせえ。あっしも引換えに、大竹屋敷の欲しがっているもの、出しやすぜ」

「ふふふ。重い物じゃねえ。これだ」

右善はふところから結び文を取り出した。

「そ、それはっ」

左金次はうめき、

「てめえ、いってえ誰でえ!!」

言うなり道中差に手をかけ、腰を上げようとした。すかさず右善は道中差にかけた左金次の手の甲をねじるようにつかんだ。十手術の一つである。

本殿の前から見ている色川は瞬時、

「おっ」

走り出す構えになった。

「ううっ」

左金次は身動きが取れなくなり、腰をもとに戻した。すでに道中差から手が離れている。

右善もつかんだ手を離し、縁台は穏やかな会話のかたちに戻った。となりのおかみさん連中はなにも気づかず、相変わらずべちゃくちゃとうるさい。こんどは食い物の話をしているようだ。

右善は穏やかにつづけた。

「目立つことはよしたほうがいいぜ。おめえの持っている質入証文は用済みだ。おめえが大竹の殿さんの腰から抜き取った小刀なあ、もうあの屋敷の用人が持って帰《けえ》ったぜ。だからその証文なあ、鼻紙にでもなんにでもしろい」

「ひゃ、百両は!!」

「阿呆《あほう》か、おめえは。質草は元の鞘《さや》に戻ったんだぜ。誰がそんな金、出すよ」

「ううう っ」

「それよりおめえ、中村屋に用立ててもらった十両よ。それを返してもらおうか」

「だれ、誰なんだ、てめえは。奉行所の隠密廻り!?」

「だとしたらどうする」

「やっぱり」

と、左金次はにわかにふてぶてしくなった。

「へん、ここは寺社地だぜ。騒ぎになってお叱りを受けるのは、おめえさんのほうじゃねえのかい」

言うと悠然と腰を上げて右善を見下ろし、

「おめえの足じゃ、俺に追いつけまいよ。駈けっこするかい、総髪の爺《じじい》」

言うとゆっくりとした歩調で石段に向かい、段の上に立つなり急に動作を速めた。

しかし左金次は緊張していた。縁台に笠と振分荷物を忘れている。右善はそれをつかみ取り、

「おいおい、忘れ物じゃ」

悪いはずの足で素早く駈け寄り、杖でいま石段を駈け下りかけた左金次の足を払った。

「わあっ」

大きな声だった。近くに人はいたが、ふり返ったのは左金次が数段踏み外し、転がりかけてからだった。目にしたのは、

「おおぉぉぉ」

と、声を上げ、石段の上に驚いたようすで立つ総髪の年寄りの姿だけであり、杖の動きを見た者はいない。

一人いた。色川矢一郎だ。本殿の前からでは遠すぎたか、杖は見えなかったがそれらしい動きは感じ取った。

異変に気づいた参詣人が数人走り寄り、色川も駈けた。若い神官や巫女《みこ》たちも、

「また？」

と、走った。

急な石段である。千吉郎のときもそうだった。一度ころがり始めれば、八十六段の下まで止まることはなかった。

息絶えていた。

野次馬が集まる。そのなかに、

「なんだなんだ、どうしたっ」

と、着ながしに黒羽織の児島善之助と岡っ引の藤次がいた。善之助は朱房の十手を手にしている。

「おお、お役人だ」

と、野次馬たちは道を開ける。

善之助と藤次は、

「身許の判るようなものはないか」

と、検死するように、ふところや帯のあいだなどを探った。

若い神官や巫女たち数名が石段を駈け下りて来た。

善之助はそれらに向かって、

「いや、これは出過ぎたまねをした。たまたま通りかかったのでなあ。ここはまだ寺社地でござった。この者、こと切れておる。身許のわかるようなものはと思ったが、なかった。死体は引き渡しもうす。さあ、行くぞ」

「へえ」

と、善之助と藤次はその場を離れた。

神官たちは困惑していたが、町方としては当然というより、支配違いからそうしなければならなかった。

八

そのあとほどなく、右善と善之助、色川矢一郎、それに藤次の四人の姿は、日本橋に近い小料理屋の奥の部屋にあった。四人とも、昼めしがまだだったのだ。二本差でも町方であれば、儒者姿や職人姿と親しく座を交えていても、違和感はない。

善之助がふところから出した書付を、

「父上、これでございましたなあ」

と、右善に渡した。中村屋の質入証文である。石段下で検死のふりをしたとき、帯の下にあったのを抜き取ったのだ。左金次の名はないが、貧乏旗本家の部屋住、久田勇蔵と荒井兵助の署名がある。

「おう、これこれ」

と、右善は大事そうにふところに収めた。

きょう中にもそれは中村屋へ返され、平右衛門と番頭の六兵衛は、安堵の息をつぎながら焼却することだろう。

「右善さま」

と、職人姿の色川矢一郎が、あらたまった口調で、右善の顔を凝視した。

「なんじゃ」

「右善さまは、きょうに限って杖などを持っておいでで、みょうに思っていたのですが、端《はな》から左金次を葬《ほうむ》るつもりでおられましたね」

この問いに、善之助と藤次の視線も右善に向けられた。三人は、左金次を町場に追い込んでからお縄にする算段だったのだ。

「悪かったかな」

「いいえ。これでよかったのです」

色川は返し、善之助も藤次もうなずいていた。

もし左金次を生け捕りにし、お白洲《しらす》の粗莚《あらむしろ》に座らせたならどうなるか。左金次の死罪は間違いないとしても、多恵と粂次郎の夫婦も連座《まきぞえ》を喰って縄付きとなり、お景はどうなるか想像もつかない。それだけではない。中村屋も窩主買《けいずがい》の科《とが》で挙げられ、そこから四百石取り幕奉行の大竹将監の武士としての恥もおもてになり、貧乏旗本家の部屋住、久田勇蔵と荒井兵助の愚行も明らかになり、支配違いにひと悶着が起こり、切腹を賜《たまわ》る者が幾人か出るかもしれない。

それらを、善之助も色川矢一郎も藤次も知っているのだ。

右善は大きく息を吸い、

「すまねえなあ。おめえたちをなんの手柄にもならねえ仕事に駆り出しちまってよ」

「いえ。父上は、いつもそうでした」

善之助がため息まじりに返し、

「あっしなんざ、もう慣れっこになってまさあ」

藤次がつづけた。

色川矢一郎も、

「それがしも、手柄にならねえ仕事に幾度かつき合わされやしたが、けっこう楽しかったですぜ」

などと言ったものである。

帰りしな、小料理屋の玄関を出たとき右善はふと言った。

「いけねえっ。権現さんの境内の茶店、お代を払うの忘れてたぜ」

「へへ。あしたにでもあっしが行って払っときまさあ。二人分でやしたね」

藤次が返した。


右善が一人で杖を小脇に神田明神下に戻ると、松原小重郎がまた来て、

「――感謝の気持ちでござる」

と、ふたたび十両の包みを、竜尾に託《たく》していた。

「松原さまは満面笑みをたたえておいでしたが、ぼんくらな殿さまに仕えるご家来も、苦労しますなあ」

竜尾が言ったのへ、右善は薬研《やげん》を挽《ひ》きながら、総括するようにつぶやいた。

「それを支えてやるのが、ほんとうに世のため人のためになるのか、儂《わし》にはわからなくなったぞよ」

本心かもしれない。

だが、これで終わったわけではない。

多恵にすれば、思い悩んだ末での行動だった。

亭主の粂次郎と一緒にお景を連れ神田明神を参拝し、明神坂を下って中村屋のある明神下の旅籠町や竜尾の療治処がある湯島一丁目などを散歩した。そのときのお景は薄い青地に赤い紅葉《もみじ》の絵柄の着物で、青みがかった帯を締めていた。

右善に言われた留造とお定が、多恵に勧めたのだ。

左金次がお景にのぞかせたあのそば屋にも、親子三人で入りそばを手繰った。

おかみさんも亭主も口をあんぐりと開け、多恵とお景の母娘を見た。

「た、た、た、多恵ちゃん⁉」

と、思わず碗を落としそうになったおかみさんを、お運びの仲居が慌てて支え、亭主も包丁で指を切りそうになった。

敢《あ》えて多恵はお栄やお里に会わなかったが、この散歩を右善から事前に聞いていた平右衛門は、神田明神の境内の陰から、凝《じ》っと見つめていた。

多恵もお景も、丸顔で目がくりくりしている。

「似ている。そっくりだ」

人知れずつぶやいた。かつて世話をしていた、内神田の三味線の師匠、お絹とである。多恵は平右衛門の娘であり、お景は孫なのだ。

一緒にいる包丁人の粂次郎を見て、

（ふむ。あの男なら）

と、安堵の息をついた。

三人は竜尾の療治処にも立ち寄った。

多恵は右善と留造、お定に幾度も礼を述べ、言った。

「わたしたち、やはり小田原に帰ります」

粂次郎はうなずき、お景も、

「やっぱりあたし、小田原がいい」

言っていた。

誰に勧められたのでもなく、親子三人で決めたようだ。

この日をさかいに、神田明神下の町々では、〝多恵の幽霊〟のうわさは急速におとろえ、往診から帰って来た竜尾が、

「もう、お栄さんもお里ちゃんも大丈夫です」

留守居をしていた右善に言っていた。古参の女中二人も、外を歩けるようになったらしい。

平右衛門が引っ越し費用を出させてくれと、右善を通じて申し入れたが、多恵は謝辞した。費用なら路銀から小田原で新居を構える分まで、療治処に右善が大竹屋敷か

ら得た謝礼金が、まだ手つかずに残っているのだ。

療治処にはそろそろ、風邪を引いたという患者が来はじめた。

腰痛の爺さんに鍼を打ちながら、竜尾は右善に言った。

「痛み止めの薬湯ができたら、葛根湯《かっこんとう》の用意もしておいてくださいねえ。それにうがい薬も」

「そう一度に言われても」

右善は薬研を挽きながら返し、手を速めた。

庭では、

「へい、着きやした」

と、権三と助八がまた新たな患者を運んで来た。

妖《あや》かしの娘《むすめ》 隠居右善《いんきょうぜん》 江戸《えど》を走《はし》る2

著者 喜安幸夫《きやすゆきお》

発行所 株式会社 二見書房
東京都千代田区三崎町二―一八―一一
電話 〇三―三五一五―二三一一［営業］
〇三―三五一五―二三一三［編集］
振替 〇〇一七〇―四―二六三九

印刷 株式会社 堀内印刷所
製本 株式会社 村上製本所

落丁・乱丁本はお取り替えいたします。
定価は、カバーに表示してあります。

 ISBN978－4－576－17009－1
http://www.futami.co.jp/

時代小説
二見時代小説文庫

身代喰逃げ屋　見倒屋鬼助 事件控6
喜安幸夫［著］

根岸の隠宅で謎の惨殺事件。その下手人を裏で操る悪党を突きとめた鬼助は、同心の小谷健一郎らと共に、決死の捕縛作戦を敢行する。陰で嗤う悪を許すな！

はぐれ同心 闇裁き　龍之助江戸草紙
喜安 幸夫［著］

時の老中のおとし胤が北町奉行所の同心になった。女壺振りと島帰りを手下に型破りな手法と豪剣で悪を裁く！ワルも一目置く人情同心が巨悪に挑む！シリーズ第1弾

隠れ刃　はぐれ同心 闇裁き2
喜安 幸夫［著］

町人には許されぬ仇討ちに、人情同心の龍之助が助っ人。敵の武士は松平定信の家臣、尋常の勝負はできない。〝闇の仇討ち〟の秘策とは？ 大好評シリーズ第2弾！

因果の棺桶　はぐれ同心 闇裁き3
喜安 幸夫［著］

死期の近い老母が打った一世一代の大芝居が、思わぬ魔手を引き寄せた…。天下の松平を向こうにまわし、龍之助の剣と知略が冴える！ 好評シリーズ第3弾！

老中の迷走　はぐれ同心 闇裁き4
喜安 幸夫［著］

百姓代の命がけの直訴を闇に葬ろうとする松平定信の黒い罠！ 龍之助が策した手助けの成否は？ これぞ町方の心意気！ 天下の老中を相手に弱きを助けて大活躍！

斬り込み　はぐれ同心 闇裁き5
喜安 幸夫［著］

時の老中の家臣が水茶屋の妓に入れ揚げ、散財しているという。極秘に妓を〝始末〟するべく、老中一派は龍之助に探索を依頼する。武士の情けから龍之助がとった手段とは？

二見時代小説文庫

槍突き無宿　はぐれ同心 闇裁き6
喜安 幸夫［著］

江戸の町では、槍突きと辻斬り事件が頻発していた。奇妙なことに物盗りの仕業ではない。町衆の合力を得て、謎を追う同心・龍之助がたどり着いた哀しい真実！

口封じ　はぐれ同心 闇裁き7
喜安 幸夫［著］

大名や旗本までを巻き込む巨大な抜荷事件の探索を続ける同心・鬼頭龍之助は、自らの〝正体〟に迫り来たる影の存在に気づくが…。東海道に血の雨が降る！第7弾！

強請《ゆすり》の代償　はぐれ同心 闇裁き8
喜安 幸夫［著］

悪徳牢屋同心による卑劣きわまる強請事件。被害者かと思われた商家の妾には、哀しくもしたたかな女の計算が。悪いのは女、それとも男？同心鬼頭龍之助の裁きは!?

追われ者　はぐれ同心 闇裁き9
喜安 幸夫［著］

夜鷹が一刀で斬殺され、次は若い酌婦が犠牲に。犯人の真の標的とは？龍之助はその手口から、七年前に起きたある事件に解決の糸口を見出すが…。シリーズ第9弾

さむらい博徒　はぐれ同心 闇裁き10
喜安 幸夫［著］

老中・松平定信の下知で奉行所が禁制の賭博取締りをかけるが、逃げられてばかり。松平家に内通者が？おりしも上がった土左衛門は、松平家の横目付だった！

許せぬ所業　はぐれ同心 闇裁き11
喜安 幸夫［著］

松平定信の改革で枕絵や好色本禁止のお触れが出た。お触れの時期を前もって誰ら漏らしたやつがいる！龍之助は張本人を探るうちに迫りくる宿敵の影を知る！

最後の戦い　はぐれ同心 闇裁き12
喜安 幸夫［著］

松平定信による相次ぐ厳しいご法度に、江戸は一揆寸前！北町奉行所同心・鬼頭龍之助は宿敵・定信に引導を渡すべく、最後の戦いに踏み込む！シリーズ、完結！